A WISH
IN THE DARK

闪闪发光的心愿

[泰] 克里斯蒂娜·松托瓦 著 唐乃馨 译

中信出版集团 | 北京

图书在版编目（CIP）数据

闪闪发光的心愿 /（泰）克里斯蒂娜·松托瓦著；
唐乃馨译. -- 北京：中信出版社，2023.1（2023.6 重印）
ISBN 978-7-5217-4825-3

Ⅰ.①闪… Ⅱ.①克…②唐… Ⅲ.①儿童小说—长篇小说—泰国—现代 Ⅳ.①1336.84

中国版本图书馆 CIP 数据核字（2022）第 213605 号

A Wish in the Dark
Copyright © 2020 by Christina Soontornvat
Published by arrangement with Walker Books Limited, London SE11 5HJ
All rights reserved. No part of this book may be reproduced, transmitted,
or stored in an information retrieval system in any form or by any means,
graphic, electronic, or mechanical, including photocopying, taping, and
recording, without prior written permission from the publisher.
Cover illustration © 2020 Ji-Hyuk Kim
Reproduced by permission of Walker Books Ltd, London SE11 5HJ
www.walker.co.uk
Simplified Chinese translation copyright © 2023 by CITIC Press Corporation
ALL RIGHTS RESERVED

本书仅限中国大陆地区发行销售

闪闪发光的心愿

著　　者：[泰] 克里斯蒂娜·松托瓦
译　　者：唐乃馨
出版发行：中信出版集团股份有限公司
　　　　　（北京市朝阳区东三环北路 27 号嘉铭中心　邮编 100020）
承　印　者：北京顶佳世纪印刷有限公司

开　　本：880mm×1230mm　1/32　　印　张：10.75　　字　数：190 千字
版　　次：2023 年 1 月第 1 版　　　　印　次：2023 年 6 月第 7 次印刷
京权图字：01-2022-5696
书　　号：ISBN 978-7-5217-4825-3
定　　价：35.00 元

版权所有·侵权必究
如有印刷、装订问题，本公司负责调换。
服务热线：400-600-8099
投稿邮箱：author@citicpub.com

献给

我的母亲和父亲

目录

第1章　一颗杧果 / 001

第2章　秘密愿望 / 007

第3章　梦幻之城 / 012

第4章　造光的人 / 018

第5章　逃出牢笼 / 026

第6章　生死一线 / 033

第7章　选择山路 / 038

第8章　误入寺庙 / 042

第9章　寺中对质 / 047

第10章　美好的心 / 054

第11章　特殊任务 / 057

第12章　意外来客 / 067

第13章　担惊受怕 / 078

第14章　针锋相对 / 087

第15章 一个祝福 / 094

第16章 无路可逃 / 100

第17章 错谬之船 / 109

第18章 流言蜚语 / 111

第19章 夜间渔人 / 120

第20章 魔法灯球 / 125

第21章 藏身之地 / 132

第22章 不告而别 / 137

第23章 住在泥屋 / 140

第24章 金色的光 / 148

第25章 光明市场 / 153

第26章 奇怪的人 / 164

第27章 一个计划 / 173

第28章 偷换灯球 / 185

第29章 行踪泄露 / 196

第30章 隐秘市场 / 201

第31章 紧急消息 / 211

第32章 粉色的船 / 217

第33章 一个丑闻 / 224

第34章 意外相逢 / 235

第35章 水上逃亡 / 245

第36章 一场大火 / 250

第37章 光的秘密 / 258

第38章 兄弟情谊 / 269

第39章 在边境处 / 275

第40章 真相浮现 / 279

第41章 父女重逢 / 287

第42章 小船疾驰 / 295

第43章　灯球熄灭 / 298

第44章　奋不顾身 / 303

第45章　自己的光 / 309

第46章　冒险一试 / 315

第47章　照亮黑暗 / 319

第48章　死里逃生 / 323

第49章　光明之城 / 326

鸣谢　　 / 332

讨论　　 / 334

第1章
一颗杧果

南原监狱的院子里有一棵巨大的杧果树。它蓬松的绿枝越过裂缝的水泥高墙，悬在墙外查塔纳河那黏腻的褐色水面上。每天，女囚犯们多数时候都在这片树荫下打发时间，与此同时，监狱大门的另一边，船只来来往往，循环往复。

生活在南原监狱里的还有十几个孩子，他们也一样，每天大多数时间都躺在树荫下，除了杧果季。在杧果成熟的时节，树上悬挂着水滴般的金色果实，它们随风摆动，仿若来自天堂，遥不可及。

这可把孩子们馋坏了。

他们冲杧果大喊，还用碎水泥块击打杧果，想把它们打下来。但杧果纹丝不动。孩子们大叫着，赤脚在地上猛踩几下，随即沮丧地躺倒。

庞从不参与这些。他只是靠坐在树干上，双手交叉放在脑后。看起来像是睡着了，但其实没有，他正专心致志地研究着什么。

几个星期以来，他一直在观察这棵树。他知道哪些杧果最先成熟，还注意到了果实在什么时候从蜥蜴皮般的绿色变成了南瓜皮般的黄色。他看着果实上爬行的蚂蚁，知道它们会在哪里停下来，吸食里面的香甜的汁液。

庞看了看他的朋友索姆吉，对他微微点了下头。索姆吉也没对着杧果喊叫。他坐在庞示意他坐的那根树枝下面等待着。索姆吉已经等了一个小时，如果有必要，他还会再等上几个小时，因为在南原监狱，杧果是等来的，这是最要紧的事。

索姆吉和庞都九岁，也都是孤儿。索姆吉比庞矮了一头，而且很瘦——即便对一个囚犯来说，他也太瘦了。他的脸又大又圆，其他孩子取笑他，说他长得像外面行船卖货的老太太串起来卖的那种烤饭团。

和南原监狱里的很多女人一样，他们两个的母亲也是因为偷东西被抓进来的，也都死于分娩。不过，从其他女人的讲述来看，索姆吉的出生更令人难忘——生产的时候他头脚倒置，母亲因此难产。

庞对他的朋友晃了晃手指，让他往左边挪。

再稍微挪一些。

再来一点。

可以了。

终于，漫长的等待之后，庞听到杧果柄断裂的轻响。随后，这一季的第一颗杧果径直掉进索姆吉充满企盼的怀抱里。庞深吸一口气，笑了。

可是，还没等庞凑到朋友身边分享他们的胜利果实，两个年长一些的女孩就注意到了索姆吉手里的东西。

"嘿，你看到了吗？"其中一个女孩说，她用关节肿大的手肘撑着自己。

"当然看到了。"另一个说，将满是疮痂的手指掰得咔咔作响。"嘿，瘦猴子，"她冲索姆吉喊道，"你今天准备送点什么给我？"

"啊……呃。"索姆吉一手抓着杧果，一手撑着自己站起身来。

他毫无战斗力，这也让他成了大家最喜欢的对手。而且他跑不了几步就会开始咳嗽，也就是说，战斗通常会以他的惨败告终。

庞转过身，朝倚在墙边的狱警走去。南原监狱里的狱警

闪闪发光的心愿

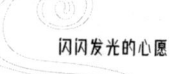

看上去和犯人们一样,也厌倦了这里的生活。

"打扰了,警官。"庞说着,对为首的女狱警鞠了个躬。

女狱警厌恶地喷了几声,一侧眉毛缓缓挑了起来。

"警官,那些女孩,"庞说,"我觉得她们想抢……"

"那你想让我怎么处理呢?"她突然厉声说道,"你们这些小孩儿得学着自己保护自己。"

另一个狱警也轻蔑地说:"对你们来说,被收拾一顿未必是件坏事,能让你们变得更强。"

一股燥烈的怒气在庞的胸腔里升腾。狱警当然不会管他们。从来都不会。他看着女狱警,对方也盯着他看,眼里满是冷漠和厌弃。她们根本不在乎那一颗微不足道的杧果。

庞转身离开,急忙回到朋友身边。女孩们慢慢走近索姆吉,期待着即将到来的战斗。"快,爬上来。"庞说着,单膝跪地。

"什么?"索姆吉问。

"快上来!"

"噢,伙计,我已经料到结果了。"索姆吉嘟囔着,爬到庞的背上,手里依然紧紧抓着杧果。

庞当然也知道结果会怎样,但没办法。因为虽然庞对待事情比任何人都要专注,也几乎和索姆吉一样善于等待,可一旦遇到不公平的事,他却特别不擅长忽略。

而南原监狱的第一生存要义,就是忽略"生活是公平的"这回事。

"你觉得你能逃哪儿去啊?"手肘肿大的女孩一边说,一边大步迈了过来。

"这颗杌果是我们捡来的,属于我们,这公平合理。"庞说着挺了挺身子,背着索姆吉往后退。

"确实是你们捡来的,"手指布满疮痂的女孩说道,"但如果现在交出来,我们一人只打你们一拳。这也公平合理。"

"还是给她们吧,"索姆吉小声嘟囔,"挨顿揍不值……"

"想得到,你们就应该得到吗?"庞坚定地说,"你们不能夺走这颗杌果。"

"真的吗?"女孩们说。

"哦,伙计。"索姆吉叹了口气,"跑吧!"

女孩们尖叫着冲上来,庞一溜烟跑了。他满院子窜,她们满院子追,索姆吉像小猴子一样紧抱着他的后背。

"你就是学不会睁一只眼闭一只眼!"索姆吉大喊道。

"我们不能……让她们得逞!"庞气喘吁吁地说,"这是我们的!"他在一群小孩儿中间躲闪着,孩子们兴高采烈、如释重负地看着他,毕竟即将被打惨的人不是他们。

"那又怎么样?一颗杌果而已,不值得为了它挨顿揍。"索姆吉回头看了一眼,"快点,伙计,她们快抓到我们了!"

狱警们倚在墙边，大笑着观看这场追逐，其中一个喊道："快点，姑娘们！抓住他们！"

"虽然还没抓到，不过，"另一个狱警说，"这算得上我们这一周里最有意思的节目了！"

"好……累……啊。"庞上气不接下气地说，"你最好……在我倒下去之前……把那玩意儿吃掉！"

索姆吉咬了一口杧果，温暖的汁液滴落到庞的后颈上。"哦，伙计，我错了。这味道，就是被打一顿也值了。"索姆吉把手伸到朋友的肩膀前，将杧果塞进他嘴里。

是熟透的香甜，而且尚未长出纤维。是天堂里的味道。

第2章
秘密愿望

后来,当他们仰面躺在临河大门旁边时,庞试图提醒索姆吉那个杧果有多棒。太阳开始西斜,两人金棕色的颧骨处和小腿都变成了和晚霞一样的紫色。

索姆吉摸了摸自己伤痕累累的脸,抽着气说:"我为什么要和你这个大嘴巴做朋友?"

庞咧嘴一笑:"因为没有其他人愿意和你做朋友。"

索姆吉伸出手,在他的耳朵上轻弹了一下。

"嗷!"庞叫道,嗖地躲开了,"你知道的,就我们两个人来说,其实你的嘴巴更大。"

"但你发现没有,我在狱警和坏孩子面前都会闭嘴的。"

索姆吉说,"如果不想被打成肉泥,有时候你就是得顺从。但你呢?你就是不知道什么时候该闭嘴,什么时候该放手。"

"我懂你的意思,"庞边说边把一只手枕在脑袋下面,"但那个杬果是我们努力得来的。我们甚至还得等着杬果从树上掉下来,这太蠢了。狱警应该允许我们直接爬上树去摘。我觉得她们就是想看我们为杬果打起来。"他把两根手指贴在胸腔中央的骨头上,继续说道,"就类似的事情吧。我不知道——但它们就是让我很生气。胸口这里像是有火在烧。"

"可能是胀气了吧。"索姆吉说,"我说,明年那两个讨厌的女孩就满十三岁了,她们会离开这里。到时候我们就是最大的孩子,就可以安心地吃杬果了。"

在南原监狱出生的孩子会在他们母亲刑期结束或自身年满十三岁的时候被释放,两个时间点以先到的为准。

但庞并不关心那俩女孩的释放日期。对他来说,如果非得有什么影响,那就是又多了一件不公平的事——那两个人可以比他们提前出去。再过四年庞和索姆吉才满十三岁。四年啊,感觉遥遥无期。

庞把脸从索姆吉那边转回来,视线越过临河大门的栅栏。南原监狱位于查塔纳城河流的上游,地势比较高。从这里,庞看到远处的灯光开始亮起,一盏接着一盏,直至万家灯火，直至出现了两座城，两座光之城：一座在水边，一座在水面上。

通常在晚上的这个时候，两个人会轮流分享自己的梦想，畅想出去以后在城市里过的生活：吃什么样的食物，买什么样的船。索姆吉认为，自己会拥有至少三条船，一条用来住，一条用来捕鱼，还有一条快艇，装有定制发动机，别的用处没有，就是速度快。庞喜欢把自己想象成一个成年人，有一份好工作，衣食无忧，索姆吉在那艘华丽的快艇上掌舵，他就懒洋洋地躺在后面消磨时间。

一个孤零零的玻璃灯泡挂在头顶的杧果树上，不停晃动。它那昏暗的紫罗兰色幽光根本不能与河对岸明亮的灯光相提并论。与城市相比，南原监狱就像一个地窖。这里的生活不公平，但又有什么可奇怪的呢？在这样的黑暗里，他们要怎么寻找公平呢？但如果能离开这里，走到那些灯光之下，生活就会变得不同吧。想吃杧果的时候不必再为之拼命，寻求帮助的时候也会有人倾听。

索姆吉咕哝着翻了个身。"唉，我身上的每根骨头都很疼！你得答应我接下来低调一点，至少等到下周之后。"

"下周有什么事儿吗？"

索姆吉翻了个白眼，又摇了摇头。"你能连续几个小时坐着听杧果的动静，却听不到你旁边的人在说什么！你没听

到今天厨师们说吗？府尹下周要来这里视察。"

庞坐了起来，没去管肋骨上的疼痛。"府尹！"

"是的，"索姆吉舔了舔嘴唇，"到时候我们会吃上一次像样的饭。厨师们说他们要烤很多鸡。"

但是，庞想的不是食物。他在想那位来访者。查塔纳城的大多数人都很仰慕府尹。他为这座城市做了那么多，人们怎么会不尊敬他呢？他是个英雄。对庞来说更是如此。

庞只在一本教科书中见过府尹的肖像，但即便是通过照片，他也能看出来，府尹是一个能理解他的人。府尹会关心南原监狱里的不公平状况，如果他了解了这里发生的事，他会让这一切改变的。因为他就是这样的人，一个能把事情带回正轨的人。

庞的内心生出一个疯狂而隐秘的愿望，他甚至没告诉索姆吉，因为这个愿望似乎很傻——终有一天，他会为查塔纳这位伟大领袖效力。庞想象着自己站在府尹身边的样子，他会担任助理或顾问，又或是成年人能胜任的任何工作。他们将并肩作战，让人们的生活变得更加美好。

府尹要来南原监狱访问的事不可能只是巧合。这一定是某种征兆——终有一天庞的愿望会实现的征兆。

"嘿，"索姆吉在庞面前打了个响指，"你现在的表情很奇怪，我不喜欢这样。听着，你必须答应我，从现在起你得闭上你的嘴,不要再惹麻烦了,好吗?"他又靠近了些,瞪着眼睛说道,"好吗?"

庞眯眼看着这座城市,让所有的光亮汇聚成一个模糊的光点。"好的,"他说,"我不会再惹麻烦了。"

在那时候,这似乎是一个合情合理的承诺。

第 3 章
梦幻之城

诺克手指交叉放在背后,看着爸爸擦眼镜,那天早上他擦眼镜的次数都有上百次了。他很紧张——她看得出来。

对南原监狱里的每一件事和每一个人负责,这是西瓦潘典狱长应该承担的责任。诺克希望今天他能扮演好这个角色。

"诺克……"小妹提普抱怨道,"裹在这个玩意儿里,我会死的!"提普将手指伸进上衣高高的褶边领口里,把它从喉咙边拉开。但随即砰的一声,领口又弹回了原处。

提普的双胞胎姐姐普莱咯咯笑了起来。

"安静点。"诺克说,她帮提普抚平领子,又帮普莱理好腰带,"今天这样的日子你们还要发牢骚,不觉得惭愧吗?"

至少两个妹妹还能穿短袖。诺克觉得刺痒难耐,她拽了拽自己裙子的袖口,强忍着抓挠胳膊的冲动。多想穿回自己那套宽松舒适的手杖格斗服啊!在她看来,一切不能让人随意出拳的衣服都很蠢。但她当然不会抱怨,尤其是今天,府尹来访的这天。

诺克的妈妈身穿淡蓝色丝裙,静静走来。双胞胎长得跟妈妈很像,简直就是妈妈的复刻版。"好了,"她说,"大家准备好了吗?记住我让你们说的话。今天可不要做出难堪的事,明白了吗?"

诺克的哥哥抚平自己的头发。"我们没问题,"他低声说道,"但谁去提醒爸爸呢?"

诺克瞪了他一眼。妈妈打了个响指,该出发了。诺克身后是两个妹妹,前面是哥哥——哥哥从大学回家就是为了这个场合——再前面是妈妈。妈妈才是这个家真正的领袖,但为了看着体面,她走在了丈夫的后面。

全家在临河大门附近巨大的杧果树荫下排队站好。囚犯们本来也应该整齐地排好队,但此刻孩子们都聚在门边,等待着府尹的船。

"我为他们感到难过,"普莱低声说,她把手指伸进诺克的手里,"他们得住在监狱里。很糟糕吧?"

"不是监狱,"诺克说,"是改造中心。"

诺克的哥哥和妹妹从没参观过爸爸的工作场所。那天早上，诺克想让两个妹妹看一眼前门上的"南原妇女改造中心"的标志来着，但实际上没人觉得这里是"改造中心"，每个人都管这里叫"监狱"。

"为什么爸爸就不能给他们自由呢？"普莱问。

提普也凑了上来。"你知道妈妈是怎么说的吗？什么树就掉什么果。"

"哈？我说的不是水果，笨蛋。我是在说那些孩子。"

诺克叹了口气。"妈妈的意思是，你不能指望那些孩子不同于他们的父母。因为父母是罪犯，那最好也盯紧他们。而且，他们还能去哪儿？那些孩子里有一些是孤儿，出去之后就得露宿街头。至少在这里能吃上不错的饭，还能读书。在这里他们过得很快乐。"

孩子们看上去确实很快乐，至少很兴奋。但诺克注意到，只有两个男孩没往大门边上挤。一个是瘦小的圆脸男孩，正踮着脚尖瞧，他前面站了两个高个子女孩，似乎在故意挡他视线。

他的朋友也在杧果树干旁站着，那是个头发浓密、根根竖立的男孩。他的视线压根儿就没看向大门，而是看着树枝。他歪着脑袋，一侧的耳朵朝向一颗低悬着的杧果，好像是在听杧果说话。

真奇怪，诺克想，谁会听杧果说话呢？

"他来了！"其他孩子喊道。

"府尹的船！我看到了！"

诺克妈妈打了个响指，嘘了一声，说道："各就各位！各就各位！快点！"

府尹的船向监狱码头驶来，柚木护板在阳光下闪闪发光，船头装饰的白色花束沙沙作响。

船身转到码头位置时，船后的水面发出柔和的呼哧声。一个西瓜大小的玻璃球悬挂在发动机的银色插脚上，散发出玉石一般的明亮光芒。诺克被晃得眨了眨眼，眼前甚至浮现出光点。

临河大门向内敞开。身穿制服的警卫走下船，立正站好。诺克瞥见府尹身上长袍的光泽，然后又听到妈妈打了个响指。囚犯们双手交叠，跪倒在地。

诺克低下头，胃里翻江倒海。这是真的吗？如果被学校的孩子们看到，他们会嫉妒得发狂的。她即将见到他们都崇拜的人，他们经常听老师说起的英雄，他们从幼儿园就开始背诵他名言的英雄。几秒钟后，诺克就将见到那个拯救他们城市于水火的人。

查塔纳的每个孩子都知道那个故事。

闪闪发光的心愿

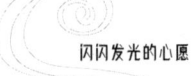

很久以前,查塔纳是座梦幻之城。棕榈树那么高的巨人在河里行走,鱼儿在他们脚踝边唱歌。水上市场里的小贩会出售各种各样的神奇食物:能让人坠入爱河的梨子,沾满好运糖霜的蛋糕,还有一种罕见的水果,形状像一个熟睡的婴儿,一口吃下去你就能活上一千零三岁。

人们过着幸福的生活。贤明的老者从山上下来,散播智慧,诊治疾病,帮助人们实现愿望,但查塔纳的大多数人都已经拥有了他们向往的一切——起初是这样的。

城市蓬勃发展,房屋交错层叠,越建越高,运河变得拥挤不堪。但不幸的是,魔法不喜欢拥挤的人群。

随着城市的膨胀,奇幻事物越来越少。羞涩的巨人向北流浪,再也没有回来。唱歌的鱼儿被捕捞上来,端上富人的餐桌。面包师开始往蛋糕上涂抹普通糖霜——比好运糖霜便宜,而且同样有光泽。睿智的老者则待在山顶不出来了。

起初,查塔纳人并不在意。他们事业有成,忙个不停,根本无暇顾及那些过时的事物。城市边界扩大,建筑物变得更高,一切应有尽有,但还是不够。贪婪让人们变得冷漠,而这是不对的。

没人知道巨焰是怎么出现的。在旱季的一个夜晚,这座梦幻之城变成了灰烬之城。每一座建筑、每一条船都几近烧毁。查塔纳城与世隔绝,邻近的府市本就难以提供帮助,加上毁坏极其严重，更是没人帮得上忙。从巨焰中幸存的人也仍未逃脱悲惨的命运。白天，太阳炙烤着大地；夜里，大雨瓢泼，却无遮风挡雨之所。疾病开始蔓延。为了争夺仅存的一点食物，人们之间爆发武力冲突。

人们开始怀念那些奇幻事物。他们绝望了，认为末日即将来临。然而，城市某处的废墟里一定还残留着一块好运糖霜蛋糕。因为森林里走出了一个会魔法的人，人们已经一个多世纪没见过魔法了。

他扭转乾坤，令查塔纳起死回生。

第 4 章
造光的人

诺克一直低着头,但还是忍不住抬起眼皮。府尹从她身边走过,留下了柠檬草的香味。

妈妈又打了一个响指,囚犯们跪坐回去,手掌仍紧贴在胸前。诺克眨了眨眼,几乎无法相信自己此刻就离查塔纳大英雄几米远。

他看上去很普通。诺克不知道自己在期待什么。虽然他看上去不像是会乘着云朵飘来或其他类似情况的那般奇人,但眼前的人实在太过普通。他比爸爸要高,但也没那么高;他的脸柔和苍白,是奶茶的颜色。爸爸向他打招呼时,他脸上掠过一丝微笑。直到这时,他的眼角才显现出淡淡的皱纹。

爸爸好像也很敬畏他，但也许只是担心把事情搞砸。只见他走上前去，又擦了一次眼镜，却怯于直视府尹的眼睛。

"对我们所有人来说，这是非常特别的一天，"爸爸宣布道，"府尹大人的光临使我们备感荣幸。如各位所知，大人对你们的改造给予了非常多的关注和关心。我们……"典狱长看着排成队的囚犯，镜片后面的眼睛变得呆滞而胆怯，声音也恍惚起来。

加油，爸爸，你能做到的。诺克这样想着，希望爸爸能整理好思绪。

妈妈几不可闻地清了清嗓子。

"我们……我们很感激阁下的到来，"爸爸结结巴巴地说，他本应发表一段更长的讲话，但他一定是忘词了，"我们为您准备了餐食。在这之后，内助为您安排了娱乐活动。"

妈妈僵硬地笑了笑，随即向厨房的工作人员打了个响指。

大蒜和肉的味道飘进诺克鼻子里。厨师们把冒着热气的大锅从厨房搬到亭子里的餐桌上，锅底下的金属支架里放着深红色魔法球，好让食物保持沸腾状态。

监狱里的孩子们活跃起来。诺克看到，那个圆脸男孩甚至舔了舔嘴唇。他们非要表现出那么饥饿的样子吗？诺克想。

闪闪发光的心愿

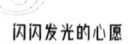

  囚犯们鞠了一躬,然后排着队奔向亭子。诺克把双胞胎妹妹推到哥哥后面,等着被轮流介绍给府尹。她告诉自己不要紧张,毕竟她已经练习了好几个星期,要对府尹说的话早已烂熟于心。

  等待的过程中,诺克的目光飘到那个头发竖立的男孩身上。他在队伍前列,碗里的食物已经吃得精光。诺克试着不去看,却发现自己的眼睛被他吸引住了。他看起来和其他孩子很不一样。只见他环顾四周,将一切都看在眼里。他紧紧盯着府尹,却仍保持着恭敬的距离。

  突然,他转过头,站起身,匆匆走向那个圆脸男孩。后者正在哭,眼泪顺着胖乎乎的脸颊流下来,一大碗鸡肉和米饭洒在脚边的地上。

  两个年纪大一些的女孩站在他身旁,咔咔掰着指头。头发竖立的男孩大步走到个子最高的女孩面前,不发一言,重重踩向她光着的脚。诺克倒抽了一口凉气。

  "诺克!"妈妈厉声说道。

  诺克转过身来,见家人们正盯着自己。爸爸看上去一脸羞愧。诺克脸一红,窘迫极了,这才意识到轮到自己问候府尹了。

  练习过无数次的句子从脑海里飞了出去。鞠躬时,诺克脸颊发烫。"非常抱歉,我分心了,府尹大人。只是……"

"只是什么？"妈妈问道，声音里满是不耐烦。

诺克拽了下裙子的袖口。"只是，我觉得那边那个男孩在打架。"

妈妈张开嘴巴，一脸惊恐。"什么男孩？"

诺克伸手一指。那个大一些的女孩正捂着自己受伤的脚号叫着。

妈妈气冲冲地走向那些孩子。"就你，"她对那个头发竖立的男孩说，"你在做什么？"

男孩愣住了。"哦，夫人。我，那个，我刚才看到——"

"你看到我们很忙，所以你觉得你可以胡闹了是吗？"

"不，夫人，我不是这个意思。你看，那俩女孩——"

被他踩了脚的女孩号啕大哭，用没受伤的那只脚单脚跳了起来。

"嘘！"西瓦潘夫人厉声说，"你竟敢在这样的日子里打架？"她看上去简直想把男孩生吞活剥了。

男孩挺直脊背。他看向西瓦潘夫人的眼神仿佛在说，他是对的，而她是错的。诺克不敢相信自己的眼睛。

"我的朋友一直盼着这些食物，"男孩说，"而她们——"

"你竟敢跟我顶嘴！"

这时候，府尹缓缓踱到男孩身边，用低沉、平稳的声音说道："西瓦潘夫人，请允许我来处理这个问题。"

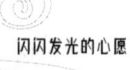

整个院子里的人都安静下来。诺克妈妈抚了抚自己的头发，退到一边，为府尹腾出空间。"谢谢您，府尹大人。"

男孩咽了下口水，在裤子两侧擦了擦手掌。他向府尹鞠了一躬，抬起头时，他的眼里满溢着一种希望、快乐的神采。

囚犯们和工作人员凑近了些，想看看发生了什么事。他们假装在吃东西，身体却向前倾，竖起耳朵。

"是真的吗，孩子？"府尹问道，"你在打架？"

"府尹大人，终于见到您了，我感到莫大的荣幸。"男孩说道，气息有些不稳，"我知道，在所有人中，只有你会看到——"

"啧啧，"府尹责备道，"现在不是恭维的时候，而是说实话的时候。告诉我，你有没有伤害这个女孩，有还是没有？"

男孩站在原地，睁大眼睛，张大嘴，随即点了点头。

"你知道我为什么会来这里吗？"府尹问。

"为了……为了让我们受到公平对待？"

府尹盯了他很久，让人觉得不太舒服。"我来提醒你们犯法的代价。告诉我，孩子，南原监狱的夜晚很黑吗？"

男孩点了点头。

"这是应该的，"府尹说，"查塔纳是一座光明之城，但这种光明必须靠自己争取。这也是我把这个改造中心建在这里的原因——远离城市，就是要提醒人们，作恶是要付出代价的。你看，光只会照耀有价值的人。"

男孩继续盯着府尹，默默无言。府尹向后退了半步，抬起手臂，手掌向上。空气凝重起来，就像暴风雨来临前的样子。诺克汗毛都竖起来了，头皮也开始发麻。

院子里的每个人似乎都屏住了呼吸。府尹的掌心里出现一个光点，像一只悬停的萤火虫。随后，光点越来越亮，膨胀到弹珠一般大小。

小光球亮得刺眼，甚至比府尹船上那颗提供动力的大玻璃球还要亮。但它看上去并不热，如果说它能影响温度的话，那么院子里甚至比刚才凉快了一些。

一股寒意袭上诺克的后脖颈。自打出生以来，她的身边就环绕着府尹的魔法，但很少有人能亲眼看到他使用魔法的样子。诺克打了个寒战，感到兴奋，也觉得恐惧。这个人看着普通，但事实远不是这样。

查塔纳的一切——每一颗魔法球、每一只炉灶、每一台船艇发动机——想要正常运转，都得依靠府尹的制光能力。有他地方就不再需要火，也不会再有危险。魔法球照亮黑夜，为巨大的机器提供动力，令查塔纳再次繁荣起来。

除此之外，这座城市还有其他很多方面发生了变化。府尹不只制造了光，还制定了法律。查塔纳已经成为规则之城、秩序之城。再也不会有巨焰。人们再也不用遭受那般痛苦。

府尹将另一只手伸进口袋,掏出一颗肥皂泡般薄而透明的玻璃球。"光只会照耀有价值的人,"他重复道,随即将球放入男孩手中,"其他人则会坠入黑暗。告诉我,孩子,你想永远留在黑暗里吗?"

男孩的喉咙动了动,咽了下口水,又摇了摇头。

府尹手指拢起,罩在男孩手里的玻璃球上,轻轻碰触着。两人之间的空气晃动起来,噼啪作响。片刻后,院子里的人全都倒抽了一口气。

府尹手里空空如也。光进入男孩手中的玻璃球里,金色光芒充盈其中。府尹手里的光芒被注入球体,仍然明亮,却少了刚才那般的原始和恐怖气息。

"告诉我,"府尹说,"从现在起,你要做一个好孩子吗?"

男孩盯着手里的光球,一句话也说不出来。诺克意识到,这可能是他第一次如此接近一颗金色魔法球。

诺克妈妈走上前来。"他会的,府尹大人。我们会留意他的,这是当然。"她转向男孩继续说道,"希望你能感激府尹大人的慷慨!他给了你光,而且是金色之光,而不是别的!我不确定你是否值得这份恩惠。不过,府尹大人,我们为您的光临准备了一首歌曲,请允许我们借此来表达感激之情。"

她双手越过头顶，拍了拍，示意女囚们开始唱她们排练好的曲目。

小院子里响起她们的歌声。诺克妈妈面露喜色，兄妹们也展现出了完美的笑容。一切都回到正轨，进展顺利。

所有人的目光都聚集在府尹身上，只见他弯下腰，对那个不听话的男孩最后说了些安抚的话，就转过身去看囚犯们的表演了。

但诺克仍在盯着那个男孩看。他站在原地，盯着自己的手掌，眼里的希望和快乐消失了。

他手里的魔法球已经暗了下来。

第 5 章
逃出牢笼

"你变得很无趣。"索姆吉说。最近他常常这么说。

"你不是让我低调点吗?"庞说,"让我别惹麻烦。"

"话是这么说,但我没让你变成一个树桩啊。而且,你什么时候开始听我的了?说真的,你到底怎么了?"

庞耸了耸肩。他知道自己变了。他不再和那些女孩打架,不再和狱警争论。庞变得安静了。他就是不想说话。

自府尹到访以来已经过去三个月。庞那天非常兴奋,但他做梦也没想到他真的有机会告诉府尹自己有多崇拜他。可当机会真切地来临时,一切却又变得如此糟糕。如果不是因为那个藏在男生宿舍自己床垫下面的暗淡玻璃球,庞会觉得那一切都是一场糟糕的梦境。

每天晚上,庞都会躺在自己床铺上,把那颗玻璃球放在脑门上。他仍然记得这个灯球散发出的美丽金光——比南原监狱用来照明的淡紫色灯球亮多了。府尹说过的话也依然在耳边回响。不是他的演讲词——那些印在宣传海报和教科书上的名言。不是的。萦绕在耳边的,是囚犯们开始唱歌时府尹在他耳边说的那些话。

"看看他们,"府尹朝囚犯们扬了下头,低声对庞说,"他们会获得自由,但他们还是会回来。年复一年,监狱里永远都是满的。这个世界充满黑暗,这一点永远不会改变。"然后,府尹向庞靠近一厘米,用冰冷的目光看着他的眼睛,继续说道,"生在黑暗中的人总是会回到黑暗里。你会明白的。我们还会见面。"

然后,府尹的拳头紧紧一握,庞手里的灯球暗了下去。

这时,庞才意识到自己有多蠢。他还真的认为长大后能为府尹工作吗?府尹不会让他这样的人靠近自己的。那一刻,庞对南原监狱以外生活的幻想破灭了。外面也没有什么两样——对他来说没有。

这个世界充满黑暗,这一点永远不会改变。

无论他和索姆吉做什么,或是长到多少岁,都无关紧要了。无论走到哪里,他们都会身处黑暗。

闪闪发光的心愿

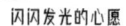

庞没有与索姆吉分享这些想法。它们被他锁进身体里,似乎有了实体,在他心脏周围圈成一个盒子。夜幕降临,查塔纳的灯光在水面闪耀,索姆吉开始喋喋不休地谈论魔法球发动机和最新的快艇模型,庞则一言不发。他把脸转过去,让视线远离临河大门。因为那些灯光只会让南原监狱看上去更黑暗。

虽然夜晚与以往不同了,但庞和索姆吉的白天还是和往常一样。对索姆吉来说,白天就是用来享用水果的。

杧果是囚犯们能吃到的唯一一种水果,因为只有杧果能直接掉进他们怀里。而和查塔纳的大多数人一样,狱警也都有自己翘首盼望的水果。每周一次的发薪日之后,她们会在码头上等待,对前往水上市场的水果船招手。

监狱里的孩子们会把脸贴在金属大门上,细闻山竹和红毛丹的甜味儿,还有柚子和青橙的酸香。他们将水果味的空气吸进鼻子里,绕到舌头上盘旋回转。但有一种水果船他们不会去闻。

榴梿被称为水果之王。它吃起来细腻柔滑,味道浓郁,更像是蛋奶沙司或布丁,而不是树上长出来的东西。它的味道里有麝香和黄油香味——一开始是甜的,最后是一股浓郁的香味。吃的时候你会后颈发热。那味道妙极了,似乎来自天堂。

但它的气味恰恰相反。

拦下卖榴梿的船夫之后,狱警们会把买来的榴梿搬到她们遮阳亭子下的木桌上,那水果个头儿很大,浑身长满钉子一般的刺。她们用砍刀把榴梿砍开,动作小心翼翼,不想让果汁沾到手上或衣服上。她们挖出里面的黄色果肉,高兴得眉飞色舞。

一个小时后,桌子周围的地上就会堆满榴梿壳,像垂死的狐獴一样发出恶臭。这时候,索姆吉就该登场了。

索姆吉是南原监狱里唯一一个不介意榴梿气味的孩子。他很乐意收拾那些又臭又黏的榴梿壳,把它们塞进码头旁的垃圾篓里。作为奖励,狱警们会让他吃掉残余的果肉。垃圾篓起不到掩盖气味的作用,但好在当天晚上会有垃圾工划船来把它们收走,带去河下游倒掉。

在一个炎热的下午,狱警们刚刚吃完一颗熟透的、极臭的榴梿,亭子里的地上堆满果壳,比平时要多。

索姆吉拿着一块果壳,用手指刮出最后一点果肉。"嘿,庞,帮我把它们丢到垃圾篓吧。"

"没门儿,"庞说,他捏着鼻子,用嘴呼吸,"那是你的事,不是我的。"

"来嘛,别那么小气。"话音刚落,索姆吉咳嗽起来。

庞听到了那刺耳的声音。索姆吉有呼吸困难的问题,跑

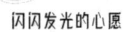

步或任何其他需要动起来的活动都会让他咳嗽不止。在庞的记忆里，有几次情况非常糟糕，索姆吉就像一条搁浅在干燥地面上的鱼，上气不接下气。

"你还好吗？"庞问道。

"嗯，我没事。"索姆吉说。说完又咳起来，一连这样咳了三次。每次咳嗽，他的眉毛都会挑得老高，就像有人在戳他的肋骨。

庞非常确定，索姆吉这次的咳嗽是为了摆脱体力活儿。但他只是揉了揉眼睛，没好气地说："好吧，我们动作快点。"

庞吸了一大口气，开始用指甲尖捡那些果壳。跟着索姆吉走到垃圾篓旁的时候，果汁已经流到他的手腕上。

垃圾篓在码头旁边，另一侧就是狱警的仓库。篓子里散发着甜丝丝的臭气，就像在太阳底下晒了一天的生鸡肉的味道。庞打开盖子，立刻被烂烘烘的臭气呛到——腐烂的榴梿、香蕉、橘子皮，还有蛋壳。随即，庞把榴梿壳一股脑儿丢了进去，混进那些腐臭的垃圾里。

"我回去拿剩下的，"索姆吉说，"把这些往下压一压，腾出点空间，好吗？"

"哦，可别了。"庞抗议。

"快点吧，"索姆吉说，一边往回走，一边又发出刚才那样的咳嗽声，"我马上就来。"

庞把脸扭向一边，避开榴梿的臭气，却迟迟不见索姆吉回来，便靠在仓库的一角张望寻找。那是一天中最热的时候，囚犯们躺在院子另一边的阴凉处打盹儿或聊天。填饱肚子的狱警显得很开心，此刻正倚在台阶上剔牙。

庞记得她们的时间表，知道她们再过四十分钟才会起身，然后换班。也就是说，此刻整个监狱里没有人盯着他。

庞以前从未想过逃出南原监狱，但现在，这个机会像弹涂鱼一样突然出现，用尾巴拍打着他的脸。他可以逃出去了。没到十三岁的他本来不可能离开的。就是现在。

庞没有犹豫，他掀起垃圾篓的盖子爬了进去。他最后吸了一口不那么新鲜的空气，开始在垃圾里蠕动，把周围的榴梿壳、橘子皮和香蕉皮推上去，堆在头顶，盖住脸，最后差点吐了出来。

他尽可能地用嘴浅浅呼吸，一只眼睛紧靠在草编篓子的缝隙边，可以模模糊糊地看到外面发生的事情。

随后，庞听到越来越近的脚步声，差点吓呆。有人打开了盖子，就这么持续了很长时间。庞仔细听着，但无法分辨站在那儿的人是谁。索姆吉吗？还是某个狱警？不管是谁，好在那人最后合上盖子，走了。

当然，索姆吉肯定想知道他去了哪里，也会到处询问是否有人看到他。但没有人喊他，索姆吉也没有过来。

闪闪发光的心愿

庞坐在篓子里，胃里阵阵恶心，散发着恶臭的果汁从头发上滴落，顺着鼻梁流下。他不知道自己能否撑到垃圾工来。他开始觉得这是个非常糟糕的主意。庞想放弃，从篓子里出来，但这会儿狱警已经回归原位，如果爬出篓子一定会被发现。他必须等到太阳下山的时候，也就是狱警下一次换班的时候。

日落时分，垃圾工来了，他的口哨声吓了庞一跳。庞确信，当垃圾工抬起垃圾篓时，会发现它比平时重很多。

庞紧张得不行，胃里像是有条扭动的鳗鱼。他在想什么呢？他随时都有可能被抓住。然后他又要说些什么呢？——我掉进了垃圾篓里，你看到了，我尝试呼救来着，但没人听见。请不要把我关禁闭，被困在一篓子榴梿壳里已经够受的了。

吃不饱有一个好处，那就是体重不会太重。垃圾工抬起篓子时只是比平时多花了一点点力气，随即便把篓子拖到码头上，丢进自己的船里。

庞看不清发生了什么，但他很肯定，他看到了朋友站在大门口的模糊身影。突然间，他意识到自己究竟放弃了什么。不！等等！他想，我不能丢下索姆吉！

但为时已晚。垃圾工的赤脚在码头上一蹬，船顺着河流离开了。

第 6 章
生死一线

庞蹲在篓子里，一只眼睛贴在缝隙边，想看看外面。可这会儿太阳已经落山了，什么也看不清。即使身在篓子里，他也觉得像暴露在外面，赤身裸体一般。他往后挪了挪，不料有榴梿壳刺到皮肤，他瑟缩了一下。

垃圾工把船驶进河中央河道时，船上的球形小发动机发出轻快的嗡嗡声。如果索姆吉在这儿，光听声音他就能分辨出发动机的型号。

拥有更强劲发动机的大船驶过，掀起波浪，令小船摇摇晃晃。庞可以隐约看到河岸两边的房子里散出来的朦胧光亮。他们顺流而下，光亮越来越密，船也越来越多。

此刻，庞的胃里翻腾搅动着，但兴奋多过恐惧——他终于能近距离观察这座城市了。

听觉先于视觉。魔法灯球的嗡嗡声听起来像朝自己飞来的蜜蜂。岸上传来叫嚷声和笑声，还有一支乐队在演奏，一个女人吟唱着："牵起我的手，哦，亲爱的，牵起我的手，与我共舞……"

接着，光明驱散黑暗，世界亮如白昼。

他们到达了查塔纳的中心地带。

民居、商铺和餐馆在水边排成列，层层叠叠，彩虹般的魔法灯球射出的光线遍布每一个角落，透过垃圾篓的缝隙，模模糊糊地，庞将一切看在眼里。他能听到顾客们买东西时的喊声，讨价还价声，小孩儿要妈妈的哭声。他还闻到了铁板上鲇鱼皮的气味、蔬菜饺子的气味，以及过于密集的人群产生的那种气味。

一群孩子光着脚，叽叽喳喳跑下河边的一条木制舷梯，木板被他们踩得咚咚响。庞听到了他们的笑声，随后有水花溅到船上。

"嘿，你们这些小孩儿，别挡我路！"垃圾工喊道，他关掉了发动机，"懒家伙们！我在你们这么大的时候就已经开始工作了！"

垃圾工划动船桨，把船掉转方向，驶向远离主河道的另一条河道。查塔纳是一座水上城市，河道代替了陆路。人们出行时使用的是船舶，还有拥挤的舷梯和横跨运河的桥梁。

垃圾工七拐八拐，船从一条河道转到另一条，他拾起更多装着腐烂垃圾的篓子，最后船又回到宽阔的主河道上。向河的西岸驶去时，船因为尾流的作用上下颠簸。查塔纳的西岸也如日出时一般明亮，但有一点不太一样——与东岸纷乱的彩虹光不同，西岸的魔法灯球发出的光都是金色的。

看到这样的场景，庞有些心痛。他知道，他和索姆吉每天晚上越过临河大门看到的就是此刻西岸的这般景象，当时，他们梦想着有一天能在这些灯光下自由行走。而现在，他就在这里，近得几乎可以触到那些光源。

西岸太安静了。挂在树上的魔法球几乎没有声响，能听到轻柔的音乐声，甚至连气味都是甜美干净的。主河道分出许多支岔向西延伸，和东岸一样，但这里的河道几乎都不像东岸那么拥挤。透过垃圾篓的缝隙，庞可以看到一排排整齐的建筑物。

船停靠在一处码头旁边，垃圾工也安静下来。几个仆役模样的人一言不发地把几个垃圾篓装到船上。垃圾工启动他的魔法球发动机，船继续顺流而下。

船摇摇晃晃，颠簸不停。庞感到胃里的鳗鱼又在蠕动了，但这次是因为晕船。

别吐。不能吐。他对自己的胃说。可不幸的是，他的胃不听话。庞紧紧抵住篓子两侧，吐得天昏地暗。

船千回百转，一路向南，垃圾工终于路过了所有垃圾站点。因为晕船，庞头晕眼花，等他注意到船已经停下来时，已经晚了。

庞赶紧睁开眼睛，这才意识到垃圾篓被人拎起来向一侧翻倒。他落入漆黑的水里，烂烘烘的榴梿壳挂了一身。

庞自打出生起就生活在离河流不远的地方，但他根本不知道怎么游泳。

他双脚乱踢，双手在泛着微光的水面上乱抓一气。他奋力挣扎，脸终于露出水面，于是赶紧吸了一口气，但头却又开始往下沉，随即呛了一大口水。他不在乎自己会不会被抓回监狱了。这会儿他一边扑腾，一边大口大口地呛水，拼了命地挥舞手臂。

可垃圾工正忙着卸垃圾篓，好赶快回到灯火通明的城市里。很快，他启动发动机，加速向上游飞奔而去，根本没看到或是听到庞扑腾起来的那点可怜的水花。

根据法律规定，垃圾工必须把垃圾倒在市区以外——查塔纳河一处宽阔的转弯处。这里水流和缓，水里挤满各式垃圾：水果皮、破箱子、破渔网、空米袋，还有一个九岁的越狱犯。

庞累极了，放弃了游动的尝试。然而，那些垃圾涌到他的腋下和脚掌下，似乎想要在沉入河堤淤泥前最后一次发挥余热，救他一把。庞的手指抓住了一块胶合板边缘。他本已经做好下沉的准备，却发现自己浮了起来——是垃圾把他托起来了。

水流将他带到转弯处，从那里往下，河道又一次变窄，流速加快。顺流而下时，庞紧紧抓住了他的"木头救生圈"。机会来了！他踢蹬着、扭动着，奋力朝岸边游去。

到达岸边时，城市已经远远落在身后。庞爬上长长的泥泞河岸，上气不接下气，湿衣服紧贴着身体，令他浑身发抖。他抬头看了眼星星，与查塔纳的灯光相比，星星显得黯淡渺小。

庞做到了。他顺利逃脱了。他第一次看到了外面的世界。

他跪在布满垃圾的淤泥间，在黑暗中哭了起来。

第 7 章
选择山路

庞是被一只鸡啄醒的。

"啊！走开！"他尖声叫道，踢开那只咬他脚的瘦弱小鸡。

鸡叫着飞进灌木丛。庞抱住受伤的脚放在另一条大腿上。因为躺在潮湿的泥地里太久，他的皮肤变得又皱又白，看起来确实像一条蛆，也不怪那只鸡啄他。

庞站起身来，向灰绿色的水面望去。河对面是茂密的树林。他抬起头，自己这边也长满了树。没有城市，没有建筑，也没有人。其实，庞只是从查塔纳往南漂流了几公里，对他来说却好像闯入了一处无法穿越的荒野。他想象着自己被老虎生吞活剥、被蟒蛇勒死的情景。

接下来怎么办呢？要去哪里呢？庞饿得前胸贴后背。这会儿索姆吉一定在吃早饭，他想。

两个好友形影不离，分开几分钟都嫌久。意识到此刻两个人离彼此有多远时，庞顿时觉得惊慌失措。

河流上游传来汽笛声，一艘大型货运船缓缓映入眼帘。庞在泥地上躺平，等着船开过去。这时候，他的目光落在了自己的左手腕上，那里有一处亮蓝色的印记，是坐过牢的证明。他用拇指搓了搓，好像能把它搓掉似的。

在查塔纳，所有囚犯身上都被盖上了监狱的图章。庞和索姆吉在婴儿时就被盖了章。墨水永远不会掉色，而上面那亮蓝色的光源自府尹办公室里一颗力量强大的金色魔法球。除了府尹，或许没有人能让这个印记消失。

如果被人看到这个印记，他们马上就会知道庞是越狱出来的。因为囚犯被释放时，监狱会用一条线画掉这个印记，并加上一个小星星符号。如果没有那个亮蓝色的小星星，庞就是逃犯。如果被抓住，他们会把他送回监狱。如果情况再糟一些，他们可能会把他带到邦拉男子监狱。庞从狱警的闲谈中了解到，和邦拉监狱比起来，南原简直算得上豪华酒店。府尹的话又一次在他耳边回荡：生在黑暗中的人总是会回到黑暗里。

庞打了个寒战，搓了搓自己裸露在外的胳膊。昨晚在垃

圾船上的那段旅程可能是他在查塔纳灯火之下行走的最自由的一次了。从现在开始,如果能设法逃过追捕,就算幸运了。

厚重的云层笼罩在头顶。雨季随时会来,到时候河水暴涨,道路也会被冲毁。他得赶紧行动起来。但是,要去哪里呢?

不能回城。但如果沿着河流继续往下走,尽头便是大海。他知道,一旦走出这座岛,不管是府尹、警察还是典狱长,谁都没有权力抓他了。他可以登上一艘船,一艘能把他永远带离这里的船,去向远方的某处,在那里,没有人知道南原是什么地方,也没有人知道他手腕上的印记意味着什么。

庞曾在一本书上看到过大海。照片上的水不是河流那般的灰绿色,而是蓝色的。庞垂下头,开始往南走,那蓝色填满了他的脑海。

他一直沿着沿河路边上的沟渠向前走,这样一来,偶有牛车轰隆隆驶过的时候,他就可以马上躲起来了。这天十分闷热,空气黏糊糊的。汗水顺着他的鼻翼滑落下来,滴进嘴里。他开始祈求上天下一场雨,这样他就能喝点水了。终于在中午时分,他发现了一棵长在路边的香蕉树,看到一把又绿又硬的香蕉。他已经饿得昏天黑地,似乎随时都会晕倒。

整个上午,他一直在向一片小山岗的方向走,离它越来越近——山峦起起伏伏，绿意盎然，灰色岩壁则十分陡峭，无法生长植被。道路向右折转，又向左折回，然后突然间，群山映入眼帘，庞已经来到山脚下。道路在这里分岔。大路转向内陆，远离河流。一条宽度仅够一辆牛车行驶的狭窄山路向前蜿蜒，直奔山间。

庞皱起眉头。要走这条小路吗？沉默的群山似乎就坐落在河边，越过山也许就是大海。可他不喜欢爬山这个计划，毕竟他只吃了些没熟的香蕉。但是，如果那条大路不能把他带向海边呢？如果它通往一座城镇呢？如果有人拦住他询问呢？如果被人看到手腕上的印记呢？他觉得自己肯定逃不掉。

庞选择了山路。

沿着山路一直向上，不停绕啊绕，离灰色岩壁下的河流越来越远。庞累得气喘吁吁，他生气地想：这个选择可真不错。

夜幕降临，庞在灌木丛下蜷成一团，一半身体在灌木下，一半露在外面。云层终于迸裂开来，大雨倾盆而下。庞心里想着：这个选择可真是太棒了。

第 8 章
误入寺庙

庞睁开眼睛，饥饿、潮湿、泥浊和寒冷的感受依次袭来。雨已经停了，天刚刚见亮。他坐起来，闻到了什么气味。

肉的香味。

他被那香味吸引了，活像一条嘴上挂着鱼钩的鱼。他顺着香味往前走，绕过一个弯，看到一栋坐落在林间的小木屋。木屋不大，但庞很是好奇。他盯着木屋前那被柔和的金光照亮的地方。

在南原监狱，他们用紫罗兰色（院子和教室）与绯红色（厨房和洗衣间）魔法灯球来照亮。路过查塔纳城的时候，庞也走马观花地看到了其他颜色的灯球：蓝色、琥珀色、玉石色，以及西岸的金色。

但是，木屋前面的光有些奇怪，似乎在移动跳跃。那光线柔和温暖，也没有嗡嗡声。但庞听到了一种不同的声音——噼噼啪啪。

他蹑手蹑脚地靠近，躲在一株植物后面。植物的叶子有些像大象耳朵。

一个大肚子的矮个儿男人站在木屋前，背对着庞。他翻动手腕，疑似烤肉的嗞嗞声传来。随后庞注意到，有烟雾飘向阴沉的天空。他差点惊掉下巴。

那人正在用明火做饭。

庞以前从未见过这样的场景。在巨焰肆虐、府尹拯救苍生之后，这座城市里任何形式的火焰就都是违法的了。庞在南原监狱接受过的教育其实相当有限，但监狱会反复向孩子们灌输一条规训：火是世界上最危险的东西。

火焰燎着肉串，庞看入迷了。他张开嘴巴，试图让猪肉的香味在自己舌头上停留一会儿。

"你怎么还杵在那儿！"是一个女人的声音，庞吓了一跳，躲进灌木丛深处，"你最好赶紧走，要不就追不上他们了！"

"我已经够快了！"大肚子男人说，"快，把那个盘子递给我。我觉得肉熟了。"

庞躲在大象耳朵一样的叶子后面偷着瞧，见那人从冒烟的烤架上拿起肉串，放进一个木制的碟子里。油脂滴落在炭火上呲呲作响。男人的手离火焰只有几厘米的距离，庞见状，屏住了呼吸。

一个脸上搽着半湿的黄香楝粉的人从木屋里走出来，正是刚才说话的女人。她往盘子里撒了些青葱碎和香草，然后拍了拍男人的背。"去吧，快点。僧人们应该已经回到寺里了。你就直接带去那里吧。"

"好，好，我去，我这就去。"男人边说边趿拉上鞋子。

他拖拖拉拉地走出院子，走上土路。庞等了几秒钟，跟了上去，但仍隐身在灌木丛里。

男人气喘吁吁地向山上爬，盘子里堆成小山的肉串摇摇欲坠。庞多希望能有一串肉掉下来啊。但那人就像会杂耍一样，一串都没掉。土路蜿蜒着穿过丛林，与一条大路相接，大路边上有一些房子，但不多。庞依然隐没在植物和清晨的暗影里。

接着，树林和道路开阔起来，一座庙宇映入眼帘。这里的建筑都有堆叠的瓦片屋顶，陡陡地向天空倾斜。庞以前从未去过寺庙，但结合他在书上看到的那些，这座寺庙看着十分朴素，只有屋顶漆了油漆，四周也没有雕像或精美的雕刻纹样。

在浓浓的烤肉味里，庞嗅出一丝熏香味。男人喘着粗气登上寺庙一处大厅的台阶，庞待在台阶下看着他。

只见他把烤肉盘放在大厅中央的一张矮桌上，旁边还放置着不少食碗，里面装着其他人赠给寺庙僧侣的食物：蒜香菜蔬、炸鸡以及用亮闪闪的香蕉叶包着的某种食物。僧人们早上的时候肯定已经去过村庄化缘，把食物带了回来。

男人低下头，恭敬地鞠了一躬，尽管大厅里没有人在看他。庞能够远远地听到，寺里其他建筑物中的某个地方有低沉的诵经声。

男人嘟哝着站起身来，转身快步走下台阶，消失在昏暗的路上。庞馋得流口水。僧人们马上就要吃早饭了，他没有多少时间了。

他跃上台阶，从桌上的盘子里抓起两串肉。一串伸向嘴里，一串握在手里，然后他迅速转身，却看到一张搽着黄香楝粉的脸正惊恐地看着他。

老妇人呆呆地站着，手上挂着丈夫刚才忘拿的一篮糯米饭。随后，她的震惊变为愤怒，黄香楝粉从脸颊上剥落。"你在……偷东西吗？偷僧人的东西？"

庞把肉串从嘴里拿出来，左手藏到背后，挥动着另一只手里的肉串，好像那是一根魔杖，谎言脱口而出："不！不是！不是你看到的那样！我没有偷。僧人们说我可以吃这个！"

老妇人露出探究的神情,有那么一瞬,庞觉得她相信了。但随后,他看到一帮僧人朝这里走来,橙黄色的长袍被他们拢在臂弯里。庞的心一沉。

老妇人俯下身,皱着眉对庞说:"我们走着瞧,你这个小贼!"

第9章
寺中对质

庞试图逃开，但老妇人用肚子挡住了他的去路，还用糯米饭篮子捶了他的头。他们一个追一个逃，赤脚踩在大厅的地板上咚咚作响。这会儿工夫，那帮僧人已经凑上来，在他们周围圈出一个半圆。

"怎么回事，维邦夫人？"一个年轻的僧人询问。

维邦夫人向每一位僧人都恭敬地鞠了一躬。"我丈夫刚才给你们送早餐时忘了带米饭。"她说着，晃了晃手里的米饭篮子——差点又甩到庞脸上，"我到达这里时，发现这个小子正在吃我们为你们准备的饭菜。我问他怎么回事，他却对我撒谎，说是你们让他吃的！"

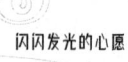

僧人们的光头偏向一边，疑惑地盯着庞看。接着，他们分开站到两边，让一位拿着拐杖的老僧走到前面。他的长袍颜色更深，是红棕色的，头顶光秃秃的。

维邦夫人再次鞠躬，这次头压得更低了。"占方丈，非常抱歉，打扰了诸位的早课。但这个小子！他说诸位告诉他，他可以吃这里的食物。我知道他在撒谎！您能想象吗？在寺里偷窃，而且撒谎！"

老方丈好奇地看着庞。庞以前从没有和僧人说过话，但他知道，每天从中午开始直到第二天日出，僧人们都要斋戒。他们不会自己准备饭菜，而是依靠其他人的供养。维邦夫人想要羞辱他，但他不打算在这里纠缠太久。

庞在寻找迅速逃掉的机会。就在他准备开溜的时候，老方丈走到他面前，用拐杖挡住去路。对这样一位老者来说，他的动作未免也太快了。庞吓了一跳，好不容易得来的肉串掉在了布满尘土的地上。

"好了，好了，"占方丈平心静气地说道，"你没有按我要求的做，是吗，孩子？"

"什……什么？"庞紧张起来，"我不知道你在说什么！"

"我告诉过你，要先去墓地上供，然后你才能吃这些食物。不过据我看，还没有上供呢，是吗？"

庞抬头看了看他，感到困惑。他扭头想继续逃跑，但不知怎么的，老方丈又挡在他面前。

占方丈咂了咂嘴，对维邦夫人摇了摇头说道："我确实告诉过他可以吃这些食物，但很显然，他太着急了，没听完我的指示。"

"哦，"维邦夫人说，"我知道了。好的，我……"

"谢谢您的提醒，维邦夫人。我认为他会吸取教训的。"方丈低头看着庞，漆黑的眼睛透着严厉的光芒，"因为你犯了错误，所以你得和我一起去祈祷，学习倾听。另外，你得最后一个吃饭。"

"我——但是……？"

"不要跟占方丈顶嘴！"维邦夫人训斥道，"你很幸运，他想教你做个好孩子。如果是我，你可要吃顿鞭子了！"

老方丈握住庞的肩膀，对维邦夫人笑了笑。"幸亏有你们照顾我们，夫人。请向您的丈夫转达我们的感谢，谢谢他的食物。请告诉他明早到寺里，我会予他特别的祝福。走吧，孩子。"

他带着庞走过其他僧人，他们似乎也和庞一样困惑。庞拖着脚往前走，试图跟上他的步子。占方丈一边低声诵经，一边引庞离开大厅，走上一栋露天建筑的台阶。

老方丈坐在房间前面的一张矮椅上，闭上眼睛。庞回头看了看，仍然能看到其他僧人，以及开始为他们分配餐食的

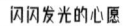

维邦夫人。他们现在很忙，如果有必要的话，庞现在就能从老者身旁逃跑，而且没人能抓住他。但他没有跑，他发现自己跪在了占方丈面前。

庞双手合十，微微低头，将额头抵在大拇指上。他睁开一只眼睛环顾四周——占方丈身后，一尊金色佛像在几十簇火苗的映照下熠熠生辉，火苗小巧精致，在蜡烛上翩然起舞。原来这里还有更多火焰。

在等待老方丈完成祈祷的过程里，庞的脉搏急速跳动。接下来会发生什么呢？为什么占方丈刚才对那个女人撒了谎？从小庞就听说，僧人从不撒谎的。

最后，老方丈睁开眼睛。他把双手放在腿上，微笑着问："你叫什么名字？"

"呃……庞。方丈，先生。"

"南原的人告诉你你的姓氏了吗？"

庞的肩膀一阵哆嗦，把手藏到背后。但现在这么做已经太迟了。"我知道你在想什么，"庞突然开口，拇指在手腕上的印记处摩挲，"但你错了。我妈妈和我都被释放了，光明正大。但这里有误会，典狱长忘记修改我的印记了。我妈妈本来要带我回去改的，但我们走散了。我正打算去海边和她会合……"

谎言脱口而出，像水罐里的水一样从嘴里涌出来。占方丈安静地听着，不时点点头。他一次也没打断过，即便庞的谎话变得越发离奇和疯狂。

愤怒在胃里灼烧、翻搅。庞是个逃亡者，是小偷，还是骗子，如果有一个词可以用来形容在寺庙里对僧人不敬的人，那他就是这样的人。一切发生得太快了。短短几天时间里，他就已经完全变成了府尹所说的那个样子。

庞跳起来，向后退了一步。在一个坐定的僧人面前直接站起身是一种很不礼貌的表现，但庞觉得这些已经无所谓了。"我知道你要做什么，"他声音颤抖地说，"你叫警察过来送我回去。但这不可能。我再也不回南原了，没人可以强迫我回去！"

"送你回去？"占方丈平静地说，"我当然不会这么做。你自己说的，你是光明正大被放出来的，我为什么要浪费时间送你回去呢？"

庞顿了顿。"我不信。"

占方丈耸了耸肩。"信不信由你。你可以去找你的妈妈会合，这当然可以。但我还是想让你先饱餐一顿，然后带着我的祝福上路。"

庞盯着他看。占方丈看上去和以往见过的任何人都不一样。一方面，他是庞见过的人中最老的——他的耳朵甚至都起了皱纹。另外，他身上还有一些庞说不太清楚的气质。他的

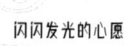

眼里涌动着澄澈明亮的光芒，就像祭台边上那些奇怪的火焰。

"祝福？"庞问。

占方丈笑了，脸上的皱纹更深了。"是的，在你去找母亲的路上，它会为你带来好运。"

庞甚至没有意识到，自己又一次跪倒在地毯上。

占方丈把手伸向一套漆面小橱柜，打开其中一个抽屉，拿出一捆白绳子和一把剪刀。

他量出一段绳子，用剪刀剪断，又把绳子放在两掌之间做了个祈祷。然后，他把绳子系在庞的左腕上，一边系一边说："愿你永远不踏入蛇穴。"

他做完祝福，又取了十几条细绳缠在庞的左手腕上，还在他右手腕上也缠了几圈，这样看起来和谐一些。老者的祝福语复杂多变，而且有些奇怪："愿你永远不因食用生鸡肉而食物中毒。""愿黄蜂永远不蜇你的手掌或脚掌。"……听起来都很具体，都是本就不太可能发生的事情。

"好了，"老方丈说着，露出满意的笑容，又坐了回去，"你看到了吗？很多好运。"

庞翻过自己的手臂，左手腕上缠着一圈又一圈的白绳手环，印记完全被遮住了。

"你说你要去海边找你的母亲？"占方丈问。

庞怯怯地点点头，不知道对方到底有没有怀疑这是他编出来的谎话。

"哦,从这里出发到海边要走上几个星期。没有船票,你就得绕着山走。你还这么小,这会是段艰难的旅程。"

庞皱起眉头。绕着山走,意味着要走大路,意味着会穿过许多村庄,被人询问。

"或者,"占方丈又开口,似乎突然想到了什么,"你可以待在寺里等着。我们可以给你母亲捎个口信,让她来这里找你。"

庞抬起头,和老方丈四目相对。

"而且……"占方丈朝庞的左手腕点头示意,"你在这里,如果哪根手环掉了,我不费事儿就能给你换根新的。但选择权在你。我不会为你做决定。"

庞摸了摸手环。他试着回想蓝色海洋的画面,但不知为何,他想不出来了。

他突然感到累极了,饿极了,比以往任何时候都要饿。这里很安全。他可以休息,吃饭,几天后再继续南下。

"也许我可以留下来,"他轻声说,"就几天。"

"太好了!"占方丈伸出一根手指,敲了敲自己的下巴,"我跟维邦夫人说过,你会吸取教训。现在就有一件事可以给你上一课。"

"什么事,方丈?"

老者咧嘴一笑:"我们来给烤肉串选一款最好的蘸料。"

第10章
美好的心

  一天变成两天，两天变成一周，一周又变成了几个月——因为庞找到了越来越多的理由留在塔纳布里村和瓦辛寺里。他不断告诉自己他很快就会继续赶路，向大海进发，即使他剃了头，也宣了誓。

  庞成了一个童僧，开始在占方丈的指导下进行训练。其他僧人从未见过他的印记，也没听过他编造的关于母亲的故事，占方丈也没再问起。他总是会在庞的手环磨损断裂之前帮忙更换。所以大家猜想，庞一定是方丈的远房亲戚，不然方丈为什么要赐予这么多祝福给这个沉默寡言、平凡无奇的男孩呢？

这或许可以解释为什么庞从来不抱怨饿肚子,毕竟中午之后僧人们就不吃任何东西了。而且僧人的日常事务冗长平淡,庞也从没表现出厌倦。

众人不知道,庞长这么大从没吃得这么好过,维邦夫人的烤肉甚至把他喂胖了,这可比南原监狱里囚犯们那冰冷的萝卜和米饭好得多。

僧人们也不知道,庞曾经有过长时间观察杧果、时刻提防狱警挥舞警棍的经历,这些为他长时间的打坐冥想打下了坚实的基础。

确实,在这些方面,寺里的生活与庞曾经习惯的生活差不多。但除此之外就完全不同了。在瓦辛寺,庞觉得跟其他僧人很亲密,他们叫他"兄弟"。庞被他们照顾,也被期望去照顾其他人。不过,最大的不同之处在于占方丈。

在南原,人们受尊重的程度源自他们的地位或年龄。但占方丈对所有人都一视同仁。庞从没见过这样的事。山下的乞丐来寺里乞讨时,占方丈像接待来访的贵族一样,给他们饭吃,和他们长久地交谈。对小孩子,他从不以居高临下的语气说话。在这里,庞得到了与寺里最年长的僧人一样的尊重。长这么大,第一次有一个成年人关心他、照顾他、教导他,还总是对他说:"你有一颗美好的心灵,庞。"

可他真的有吗?

夜里，庞躺在自己小房间的地板上，听雨水浸润密林的声音。白天，他的心里一直很宁静，此刻却开始胡思乱想，回忆起自己做过的那些坏事。

他从监狱逃出来了。

他把最好的朋友独自丢下了。

他对僧人们说谎了。

庞一直在逃避府尹说过的那句话，但越是逃避，一切似乎越是应验。他是个逃犯，他利用了僧人们的善良。如果有人发现这一点，他会被送回监狱的。更糟的是，占方丈甚至可能因为藏匿他而惹上麻烦。这些想法让他的胃又翻腾起来。

庞下定决心——他要做许许多多善事，好掩盖自己曾经的罪行。就这样，他每天把寺里打扫两遍。他一遍又一遍地行走在林间的修行路上，直至路面被磨得如岩石般坚硬。他一遍又一遍地阅读佛经教义，直至滚瓜烂熟。

但府尹说过的那句话从未消失，在他心脏周围圈出的盒子里深深扎根，每每安静坐着的时候，庞就能听到那句话：生在黑暗中的人总是会回到黑暗里。

即便如此，庞还是在瓦辛寺慢慢长大，也成熟了。四年过去，大海从他的梦境里渐渐消退。

典狱长和监狱也被他渐渐遗忘，他也试图说服自己，监狱也早把他忘了。

第 II 章
特殊任务

　　大多数时间庞都在寺里。但十三岁之后，占方丈越发频繁地带他去村子里和周围其他地方拜访。

　　老方丈走路时拐杖点地，和着他的脚步咔嗒咔嗒响，他向出来迎接的人打招呼："啊，您好，特里苏万女士！您今天看起来很开心。我希望这是因为您的弟弟身体好多了。您好，巴硕先生！听说您儿子今年就要毕业了。时间过得真快啊！"

　　他们在村里的广场和村民们见面、聊天，庞的感官不断被拨动着。塔纳布里是一个普通的小村子，庞最喜欢的就是其间那些再普通不过的事情：人们把洗好的衣服晾在外面，清扫门廊，与邻居们聊天，做早饭。他跟在占方丈身旁，被

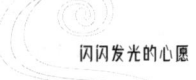

这样的日常生活包围,这让他感到安全,也让他忘记了自己的印记和曾做过的所有错事。他觉得自己只是村里的一个男孩,在跟着自己的老师散步。

他们拐到一条路上,这条路通往山的另一边。"您说我们今天要去学校,"庞放慢脚步,配合老方丈的步伐,"您要给学生做讲座吗?"

"讲座不是今天。今天我们有一个特殊的任务,"占方丈说,"我们要去看一个婴儿。"

"婴儿?"

占方丈点头,咂了咂嘴。"是的,一个孤儿,可怜的小家伙。我们村里的一个农民在山脚下的十字路口附近发现了她,当时她身上裹着一条毯子。"

"是谁这么狠心,把自己的孩子丢在路上?"

占方丈没有回答。他低下头,似乎在认真琢磨脚下的碎石。

"方丈,把婴儿独自扔在路边等死这样的事,即使是您,也无法宽恕吧?"庞说,"我想不出比这更糟糕的事了。"

占方丈用手指肚搔了搔鼻子。他们沉默着走了一会儿,庞知道这意味着什么。当占方丈不想说话的时候,谁都不能让他吐出一个字。当他想让他的徒弟继续说时,他就会这么做。

最后,庞叹了口气说:"好吧,也许因为她的父母也吃不饱饭，或者其他什么原因。"

"啊。"占方丈点了点头，仿佛此时是庞想明白了这件事，而不是他，"你说得很有道理。这个世界上确实有饥饿、绝望的人，对吧？"

庞边走边低头看路。"而且，也许他们还有其他孩子，也没办法养活。"

"为了让其中一个孩子活下来不得不做出选择，你能想象这有多令人心痛吗？"占方丈难过地说。

"我猜……"庞说，他一边走一边思考，"这对父母知道我们村里的人会发现这个孩子，并收养她。"

占方丈点了点头。"他们确实是在早上把她丢下的，那时候会有拉米车的农民经过。另外，我们村在这一带确实以收留孤儿而闻名。"

"是吗？"

"哦，是的，久负盛名了。"占方丈说着，抬头看树，目光深邃，"查塔纳巨焰之后的那几年情况很糟。当时食物匮乏，有许多人饿死。我们村里的渔民开始在河上发现漂流的篮子，里面有婴儿，还塞着小纸条，上面的内容让人很是难过。父母遗弃孩子是因为没有东西可以喂他们。与其眼看着孩子挨饿，不如把他们送走，盼着有人能把他们捡回家。有一段时间，我们村的渔民带回来的婴儿比鱼还要多！"

闪闪发光的心愿

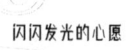

占方丈停下脚步,身子沉沉地倚在拐杖上。他累得喘了几下,却假装在检查拐杖底部。庞伸出手臂,帮他站直身体。

"所以我在全府范围内放出消息,无论遇到什么情况,我们村都会照顾所有来自查塔纳或其他地方的孩子。"方丈说,"我们还传了个口信,让他们把孩子留在十字路口,而不是顺河漂流。河里的鳄鱼太多了!"

"人们这么做了吗?"

"嗯,我们收留了很多很多的婴儿!"老方丈笑着指了指路的尽头,"我们后来建了一所学校,就是为了接纳这些孩子。"过了一会儿,他拍了拍庞的肩膀,笑容更灿烂了,"谢谢你,我的孩子。"

"为什么要谢我?"

"因为你教会了我深陷绝望的人应该得到我们的同情,而不是评判。"

庞提出抗议,说自己根本没给他老人家上过这样一堂课,但老方丈迈出步子继续往前走了。

"巨焰是很久以前的事了,"庞说,"但为什么还是有婴儿出现呢?"

占方丈转过身,递来一个惊讶的眼神,仿佛庞在质疑"为什么放下一件东西时它会掉下去"这种事。"当然还是会有婴儿出现，"老方丈难过地说，"因为人们依然深陷在绝望里。"

他们在路上转了个弯，一座低矮的灰泥建筑映入眼帘——塔纳布里乡村学校。大多数村庄都有手工艺学校，男孩和女孩们会在那里学习织布、木雕等手艺，这样长大后才能获得稳定的工作。而占方丈坚持让塔纳布里乡村学校同时教授孩子们语文和数学。这所学校的教育质量比庞在监狱接受的教育好得多，甚至不亚于查塔纳的一些私立学校。

"啊，占方丈，您来了！"看到他们从大门走进来，女校长鞠了一躬，"一如往日，您的到来令我们备感荣幸。"

"我在寺里收到了您的消息，"占方丈说，"我们本来可以早点到的，但我的朋友走路有些慢。"他对庞眨了眨眼睛。"她在哪里？"

校长笑着回答："在我的办公室。请这边来。"

庞一直跟在方丈和校长身后。经过教室时，他向里面瞥了一眼，孩子们正埋头做作业。他永远不会跟他们打成一片的——这样他的印记很容易被发现。但他喜欢从远处观察他们。他在那些男孩的身影里搜寻，多希望能看到索姆吉的笑脸，尽管他知道这不可能。

他们走进校长办公室，占方丈挂着他的拐杖，在一个手编的洗衣篮前低下头。

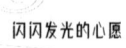

"哦，我的天哪，你这个小家伙！"老方丈柔声说道，音调如此之高，庞此前从未听过，"多可爱的小宝宝呀！咕——咕！呀——嘎！"他一边挠小婴儿的脚一边逗她，孩子高兴得咯咯笑起来。

见老方丈和小婴儿相处得如此自然，庞和校长都笑了。

"可怜的孩子，他们把她带来的时候她身上很脏，"校长说，"我们马上给她洗了澡。"

"哦，她现在干净得很，夫人。"占方丈笑着说，"就是还不太胖，但我们会让她变得胖乎乎的。是的，我们会的。"他笑意盈盈的脸上闪过一丝忧虑，"您找到领养人了吗？"

"是的，知道这件事您会很开心的。邻村的一位农民愿意收养，因为他和他的妻子无法生育。"

"啊，斯里纳瓦库家——对，我认识他们。那家人会给她幸福的。好了，来看看我为这个特别的女孩准备了什么。啊，没错。最脆弱的人理应得到最好的祝福，你们同意这一点吧？"

占方丈将手伸进绑在身上的一个小布袋里，拿出一根长长的手编绳。这条绳子十分特别，胜过庞之前见过的任何一条。它由红、金两种颜色的线编成，而且很粗。

老方丈对着篮子俯下身，将绳子绕在婴儿的手腕上。打结的时候，他开始吟诵祈祷语和祝福语，这些话庞在寺里已经听过上百次了,但最后,他加了一句与以往不同的祝福语:"愿你无论走到哪里,都能安宁地前行。"

刚才还慌张不安、小脚乱踢的婴儿此刻动作停了下来,变得非常安静,亮闪闪的黑眸盯着占方丈皱巴巴的脸。

院子里的足球场上传来孩子们的喧闹声。校长的视线从篮子上移开,去看窗外发生了什么事。

"孩子们!"她喊道,"我不是告诉过你们别打架吗?"

庞跟着校长,也将目光投向窗外,这时他突然透过眼角的余光察觉到有什么奇怪的东西——天花板上荡起一抹波浪形的微光。他抬头看向金光跃动的地方,视线顺着光线回到占方丈和篮子那里。庞倒抽一口气——占方丈为孩子系手环的那处位置射出阳光般明亮的光。

校长听到了庞的抽气声,转过身来问道:"怎么了?"

庞看了看孩子,接着视线又回到老方丈那里。那道奇怪的光已经消失了。

"怎么会……?"庞小声说,视网膜前飞舞着明亮的光点,就好像盯了很久太阳似的。

小婴儿流着口水,用牙床啃着她的新手环。庞站在原地,疑惑不解。他看了看校长,对方只是眨了几下眼睛,似乎并没注意到不寻常。

占方丈拄着拐杖,发出一声叹息。他趔趄了一下,差点跌坐在地上。庞冲过去把他扶住。

"您还好吗，占方丈？"校长关切地问。

"我没事，"他笑着回答，"一把老骨头了。"他轻轻拍了拍小婴儿的头，"她会给她的新家带去快乐的。谢谢您让我们见她。我们得回寺里了，是吧，庞？"他重重靠在庞的手臂上。

"我的园丁要回村子里办一件事，"校长说，"我让他和你们一起走。"

她给庞递了一个眼神，意思是让园丁一起走只是为了保证占方丈的安全，让他别再摔倒。但老方丈对她摆了摆手，说："不要为了我去麻烦他！我这位朋友还是能跟上我的步子的。"他用拐杖敲了敲庞的腿。

离开学校之前，校长示意庞走到一边，小声对他说："你得好好看着他。他可不像过去那样硬朗了。他骗大家说他没有老，但我发现了。我的观察力比一般人要好。"

回去的路上，庞清了清嗓子说："占方丈，关于那个——"

"先别问了，庞。"占方丈每走一步就要喘一下。

庞没再说下去，两人默默地往前走，学校渐渐消失在他们视线里。

"求您了，方丈，"庞还是没憋住，脱口而出，"刚才在学校……和那个婴儿在一块儿的时候,我觉得我看到了……一些东西。"

占方丈微微抬了抬下巴。"哦?你看到什么了?"

"我……不知道那是什么,"庞依然觉得困惑,"我想我看到了一束光,非常明亮的光。持续时间不长,等我想仔细看的时候它就不见了。"

占方丈停下脚步,拉住庞的手臂好让自己站稳。"你看见了?"

庞点了点头。

占方丈视线在庞脸上停留了很久,最后笑着说:"其他僧人说你有一种天赋,能注意到哪棵树会先开花结果。我觉得他们搞错了你这个天赋的用途。"

庞想继续追问他的话是什么意思,以及校长办公室里究竟发生了什么事,可还没等他开口,一阵骚动声传来。他们已经走到村子边缘,这才发现近一半的村民都聚集在村边的路上,围在一辆马车旁边。庞瞪大了眼睛。他们村里可没人买得起马。

"看来我们有访客,"占方丈用拐杖指着前方,"而且是上流社会的人。"

马车门打开,一个穿着政府制服的男人走了出来,后面跟着一个身穿金色斑点套裙的女人。随后,一个目光锐利的

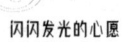

短发女孩从车上爬了下来,她穿的是手杖格斗服。

庞心脏一紧,几乎缩成了胡椒粒那么大。

西瓦潘典狱长和他的家人来了。

第12章
意外来客

诺克·西瓦潘来到塔纳布里村，从马车里爬出来的时候，她完全没有认出庞。现在的庞能按时吃饭，曾经枯瘦凹陷的脸颊变得饱满圆润，个头也比诺克高了七八厘米。原本根根竖立的头发也被剃光，僧袍也让他更便于隐藏。

而另一方面，目光锐利的诺克如今也长成了一个大女孩。在庞的记忆里，之前她经常去南原监狱。她没有像庞那样个子蹿得老高。她个头不大，但由于经常进行手杖格斗训练，所以很强壮。她仍然留着垂直的齐肩发，目光一如往常地严肃警觉。

其实，即便庞没有打扮成一个年轻的见习僧人，诺克可能也会忽略他。

因为她当时心烦意乱。

他们家很少离开查塔纳城，而这座小山村是个不太寻常的地方。他们把双胞胎姐妹留在了家里，乘驳船顺流而下，来到山脚下，然后登上一辆马车。

"马！"当马车抵达码头时，诺克妈妈惊呼一声，她撩起袖子掩住口鼻，好遮挡那股臭烘烘的味道，"你没告诉他们你是谁吗？你这种身份的人，他们应该派一辆魔法球动力车过来！"

诺克爸爸叹了口气。"这里离城市太远，没有魔法球动力车。我们在马车里面，你不会闻到任何气味的。"

这时，其中一匹马抬起尾巴，一坨粪便摔在地上，立刻驳斥了爸爸的说辞。诺克伸出手臂扶妈妈走进马车。车夫吆喝一声，他们开始慢慢向前行进。

诺克妈妈用手帕轻轻擦了擦鼻子上的汗水，担忧地看着窗外。"照这样下去，天黑以前我们是到不了的！我告诉过你，我们应该早点出发。我可不想被困在黑黢黢的乡下。"

诺克爸爸伸出手，拍了拍她的膝盖。"这也是没办法的事。只有一艘驳船在塔纳布里村停靠，我们只能乘那艘船。我们可以先在寺里歇一下，然后再起程去我们的房子，时间很充足。"

"别叫它'我们的房子',"诺克妈妈把他的手推开,"只是租来的,而且没有自来水,你可别忘了!"

"那是山上最漂亮的房子,"诺克爸爸耐心地说,他对着诺克偷偷笑了笑,"是为来访官员准备的。而且我们又能怎么办?这是个村子,没有查塔纳城里那么奢华的生活条件。但我相信,在这次访问之后,这里的情况能有所改善。"

西瓦潘一家之所以会出现在塔纳布里村,是因为法律委员会和灯光管委会终于注意到,这座村子的人从没买过魔法球,至少没有任何记录显示曾有塔纳布里村的村民去过能量站——大多数乡下人可以在这里买到光,而这部分光只是府尹制造的巨额光能的九牛一毛。

所以,这里的村民在使用火吗?诺克爸爸没想要逮捕谁,但他确实打算好好批评一下村领导们。纵然塔纳布里是一个只有一所学校和一座寺庙的小破村子,这里的人也必须遵守规则,不能成为法外之地。这时候正需要一位官员告知这些贫穷的村民魔法球的好处以及府尹的能力。这正是诺克爸爸决定来这里的原因之一。

是原因之一,并非全部。诺克很明白。

"想想看,"妈妈抱怨道,"府尹的法务官得使用室外厕所。想要这种待遇,我们直接住进东岸的贫民窟就好了。"

父母反反复复地讨论着这次针对塔纳布里村的访问会持

续多久，诺克听着他们的说话声，望向窗外高大的甘蔗丛，然后是一排又一排的番木瓜树，接着是森林。马车在山路上缓缓行进，如果父母停止争论，四周会非常安静。

诺克喜欢安静。如果不知道自己为什么会来这里，这将是一次安宁愉快的旅行。但她知道原因，尽管父母一直在努力地隐瞒。

和大多数父母一样，诺克的父母也很不擅长在孩子面前保守秘密。例如爸爸换了工作，他们从来不会告诉孩子们，而一旦他们告诉了，总是会说那是一次"晋升"，即便大家都知道事实不是这样。

晋升本来意味着更多的钱和声望，而不是相反。爸爸的第一次"晋升"发生在四年前，当时诺克九岁，爸爸仍然是南原监狱的典狱长。那一年，监狱里的一个男孩失踪了，人们完全不知道发生了什么。另一个男孩信誓旦旦地说，他看到那个失踪的孩子爬上了杧果树，爬向一根伸出墙外的枝丫，也许他掉进了河里。最后，男孩的失踪被判定为溺水，但每个人都在背后议论诺克爸爸——什么样的典狱长会让一个孩子溜掉呢？

因为这件事，监狱受到审查。府尹的行政官查阅了记录簿，发现诺克爸爸对南原监狱的管理并不上心。他几乎没在这里花过时间和心思，似乎一开始就不想要这份工作。

于是，诺克爸爸被"晋升"到法院做文职工作。诺克认为安静的法院其实很适合他，因为他喜欢阅读和学习，喜欢一个人待着。他应该坐在办公桌后面，而不是管理监狱那样一个大机构。如果妈妈允许，他留在法院会很开心的。但法院的薪水不高。诺克的哥哥在一所昂贵的大学读书，双胞胎姐妹很快也会进入诺克所在的私立学校。因此，诺克妈妈在她的社交圈里连哄带骗，完成了一个奇迹般的任务——为诺克爸爸争取到一个更好的工作，首席法务官。

这份工作不用管理什么人，也不用负什么责任，只是在全府展开巡视，检查法庭记录。最重要的是，薪水十分丰厚。诺克一家搬到了西岸高档社区的一所更大的房子里，妈妈又回到了豪华派对的邀请名单上。家里的一切都很顺利，父母本应高兴才对。

但有些事情不太对劲。

妈妈一直关注着诺克。即使是现在，马车吱吱嘎嘎地缓缓往山上行进的时候，诺克也能感觉到妈妈的注视，而且她眼睛里充满了失望和悲伤，就好像诺克做错了什么。

但这不可能。长这么大，诺克从未做过一件错事，她是个完美的女儿。从诺克付出的努力来看，这么说一点都没夸大。

在学校里，她是班上的尖子生，相比同年级的其他女

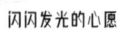

孩，她的成绩遥遥领先。上个月，她赢得了全市同年龄组的格斗冠军。城里的人都去看了比赛。那也是诺克第一次留意到妈妈的注视。

那是诺克人生中最美好的一个夜晚。她的对手是一个高个子男孩，喧哗高调，名字叫公牛。更像老鼠吧——诺克想着，一腿扫到他膝盖后面，男孩重心不稳，向后倒在垫子上，但迅速跳了起来，挥动手杖准备打回来。但诺克看到了他眼中的不确定——他害怕在熟悉的众人面前被一个比自己矮小的人打败。

而诺克则处于有生以来速度最快的状态，仿佛能在对方做出动作几秒钟之前发现端倪。她轻而易举地挡住他的攻击，稳稳握着自己的手杖，而对方的手杖甚至开始颤抖。诺克感觉到，自己多年以来通过训练获得的力量在肌肉中涌动，在她身体核心处聚成一个能量球。

因为诺克的一次格挡，公牛踉跄后退。诺克知道，是时候一招解决他了。她举起手杖，一端向地面重重挥下去，使出了一个最顶尖的手杖格斗大师才能做出来的技巧：能量球顺着她的手臂流动，进入手掌，然后直抵手杖。能量放射出去，地面震动，公牛向后摔倒在地。这一击的力量甚至掀动了前三排观众的头发，众人震惊，沉默了几秒钟，随后跳起来欢呼，大喊她的名字。

接着，诺克拿着奖杯站在父母中间。她觉得筋疲力尽，头晕眼花。爸爸的同事们走上前来，向他们表示祝贺。

"谢谢你们，谢谢你们！"爸爸说着，与他们一一握手，"她太棒了，是吧？没错，她为此付出了很多努力，非常多的努力。她每天都要训练好几个小时！"

诺克差点笑出声。她从未见过这么健谈的爸爸。他的眼镜歪歪地挂在鼻梁上，笑容灿烂极了，诺克几乎可以看到他的白齿。

"打得好，小诺克！"爸爸的一个同事说，"你让你的父母很骄傲。"

"是的，勤奋的孩子，和你的父亲一样，"另一个人拍着她的肩膀说道，"和他一模一样！"

诺克迅速低下头，看向自己的脚，不想让他们做进一步的比较。没人能否认，她坚毅的下巴和酒窝遗传自她的爸爸。哥哥和妹妹们虽然也有这些特征，但他们也继承了妈妈的一些特质：苍鹭一般纤细的身材、修长的四肢和优美的手指。可诺克很矮，因为长期的训练，她的肌肉粗壮结实。

"也许她很像某个远房亲戚，"其他家庭成员开始这样说，"血缘关系很远的亲戚。"

"是的，很远的。"妈妈说。非常之远，不必费心追溯。

但妈妈正在追溯。她一直在寻找，并思考一些事情。对

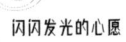

此，诺克只能凭空猜测。

后来，在即将起程去塔纳布里的几天前的一个晚上，诺克躺在床上，无意中听到了父母的谈话。爸爸的声音是一种低沉、稳定的哼哼声。还有一个尖锐的声音，她没分辨出来是什么。

诺克下了床，蹑手蹑脚地走出房间，来到走廊上。手杖格斗是一门古老的技艺，其中的一个要义就是"虚无步法"，也就是一种无声行走的方式，一切——甚至包括灰尘——都无法感知你的移动。

她悄无声息地靠近父母的房门。他们的灯还亮着，门内传来魔法灯球的嗡嗡声，让她无法听清里面的对话。最后，诺克在门口停下，把耳朵贴在门上，这才意识到那尖锐的声音是什么。

妈妈在哭。

"好了，好了，"爸爸安慰道，"不要这么难过。我们已经忍受了这么久，可以挺过去的。不会有人知道。"

"他们知道，他们知道，"妈妈抽泣着说，"每当我们一起出去的时候，我就能意识到。每个人都能看出来，除了你。每个人都能看出来！"

"亲爱的，"爸爸温柔地说，"你知道我有多后悔，但我无法改变过去。这件事我们已经谈了太多次了。做出这个决定时，你和我的意见是一致的。这么做是对的。我是这么想的，你也一样。"

"没错，我当初是那么想的……现在也一样。但请你设想一下我的感受……"妈妈深深地、颤抖地吸了口气，她的声音平静下来，变得低缓平稳，"你得为你的儿子着想。明年他就要毕业，进入社会了。他得和名门望族的姑娘缔结良缘。但如果这件事暴露了，就没有人会亲近他了。没人愿意接纳这样的丑事！"

诺克听到有人在房间里踱步——是爸爸。"你在说什么？因为流言蜚语，我们家就要闹得天翻地覆了？如果你现在只想把一切都毁掉，我们经历的那些又有什么意义？"

"你太夸张了，"妈妈说，"没有人想毁掉什么。我和你一样爱她。但对整个家来说怎么做才是最好的，总得有人考虑这一点。如果我们的声誉被毁，对她也没有任何好处。我们可以把她安置在一个舒适的地方，远离这一切。她能够健康快乐地长大，有一天会嫁给一个乡下小伙子，一个和城里人没有关系的体面人。你下一次公差是去塔纳布里吧，我听说那个村子里的学校相当不错。假期她可以回家。不是永远跟我们分开，只是一小段时间。"

"我不知道……"爸爸说。

妈妈站起来的时候，木地板震了一下。诺克可以想象墙另一边的情景——高大的父亲在瘦小的母亲面前颤抖着。"这是你的错,你必须让事情回到正轨。"妈妈提出要求,"如果你爱你的孩子,你会为他们做出最好的选择。"

诺克没有等着听爸爸的回答。她踩着虚无步法穿过走廊,逃回自己的房间。黑暗中,她跪在自己的小床上,双手紧紧扣在膝盖上。无数种想法在脑袋里翻腾。

诺克早就意识到自己不是妈妈的亲生女儿了。但她是爸爸的亲生女儿——她确信这一点。这不仅仅是因为他们长得很像。参加比赛时爸爸对她露出的笑容,还有从学校带回家成绩单时爸爸流露出的自豪神情,都让她确信这一点。她是爸爸的完美女儿,掌上明珠。

诺克的父母从未谈论过她出生时的事情,她也从没问过。她觉得没必要了解太多。这个心照不宣的秘密在三人中间默默传递着,就像一块必须塞进其中一个人口袋里的鹅卵石。知道它在口袋里就够了——她不需要把它拿出来仔细瞧。

但是,根据刚刚在走廊上听到的情况,他们的小秘密已经哗啦啦掉到了地上。每个星期,诺克妈妈社交圈里的朋友都会来家里,围坐在餐桌旁一边打牌一边闲聊。不用费什么力气就可以想象得出,类似的流言蜚语也会在其他人家的餐桌上发生,只不过话题的主角变成了西瓦潘家。

好吧，那她只能给那些人提供些别的事情去八卦了。她得做点令人瞩目的事，好让关于她出身的谣言变得无足轻重——对，做点了不起的事，令人难以置信的那种，这样就没人敢诋毁他们家了。

诺克握紧拳头，深吸一口气，再慢慢吐出来。脑海里响起那句话，这些年里给予她力量的那句话，府尹大人说过的那句话：

光只会照耀有价值的人。

是的，光，爱，荣耀以及一切曾让自己发光发亮的事物都是这样的，正如格斗比赛的那个晚上。诺克坚信这句话。

"我能做到，"她自言自语道，"我只是需要给他们提个醒，我为这个家贡献过多少。这样一来，其他事情就不重要了。"

所以，遇到庞的那会儿，她正心烦意乱，绞尽脑汁地想要做些什么来向父母证明——向所有人证明——她配得上"他们的女儿"这个身份。

所以，她没有注意到那个年轻的见习僧人正把左手牢牢藏在背后，浑身发抖。

第13章
担惊受怕

一整个下午，庞的喉咙都像卡着什么东西，好像吞了根鱼刺。西瓦潘一家跟着占方丈回到寺里，表达了他们的敬意。他们在经堂里和老方丈面对面坐着，边聊天边喝凉茶，庞则假装在外面修理一条长凳。尽管害怕被认出来，但他必须弄清楚西瓦潘一家为什么会来这里。

他了解到，西瓦潘典狱长现在是首席法务官，直接向府尹本人汇报工作。

"魔法球能提供的不仅仅是光，"法务官说着，把茶杯举到嘴边，"当村民购买魔法球的时候，就是在帮助支付警局和医院的运转开销，这些钱还会支付给政府官员，他们会确保这个地区的人们遵守了法律规定。"

老方丈笑了。"法务官,我很喜欢您,所以请您不要见怪——我们不需要一个官员来告知我们邻里之间是否能彼此监督。"

西瓦潘法务官嘬了一小口茶,还溅了一些在自己的衬衫上。他的妻子感到有些难堪,移开了目光。"占方丈,"他一边说,一边把衬衫上的水擦掉,"你们的村子很美,但法律就是法律。火是危险的,而这种危险你们本可以避开。全府的人都在使用魔法球,恐怕我不能允许你们成为特例。"

"为什么不能?"占方丈问,语气天真无辜。

"嗯,因为……"西瓦潘法务官扶正自己的眼镜,"如果那样的话,每个人都会期望我允许他们成为特例。"

"那又能怎么样呢?"

法务官的嘴唇颤了颤。"那样一来,法律和秩序就会彻底崩溃。"

"我知道了。"占方丈慢慢地点头,脸上露出痛苦的神色,"看来您十分在意查塔纳的法律。"

"这是我的工作。"法务官说,"没什么比这还重要。"

庞没有继续听他们的谈话。他开始打扫寺院,但老觉得下一秒钟就会有西瓦潘家的人冲进院子,用手指着他喊道:"他在那儿!那个越狱犯!"庞等着这一刻的到来,掌心不停出汗。

但他简直不敢相信,那家人并没有认出他来。整个下午都平安无事,临近傍晚时分,西瓦潘一家终于回到马车上,往他们要住的房子进发。

他们离开后,庞松了口气,感到头晕目眩。他得马上和占方丈谈谈。但要说些什么呢?如果方丈知道西瓦潘法务官曾是南原监狱的典狱长,是肯定不会邀请对方来寺里的。庞要和盘托出吗?还是保持沉默,在这家人离开村子之前努力隐藏?

不行,那没用。他得想想别的办法。与此同时,他还得弄清楚西瓦潘一家在塔纳布里做什么,打算待多久。

庞在经堂里找到了占方丈。他脱下鞋子,走上台阶,然后停了下来。他知道,他不应该打扰正在打坐的方丈。

占方丈没有睁开眼睛,也没有把头转到庞的方向,只微笑着说:"啊,是庞,你来了我很开心。我想和你谈谈。"

庞胃里那条鳗鱼又开始蠕动了。"您想跟我谈谈,方丈?"

占方丈睁开眼睛,身体向后倾斜靠在椅背上。"是的,过来吧。"

庞走到经堂深处,跪在占方丈面前。西瓦潘法务官终于还是说了他的事吗?他想表现得正常一些,但还是禁不住直冒汗。

占方丈伸手去够那套亮黑色的抽屉柜。他扯出一根白色的绳子，举到庞面前。"我发现，你手腕上又有一根绳子不行了，"他朝着庞左手腕上脏兮兮的白色手环点头示意，"趁它还没断，我来给你换上。"

庞叹了口气，如释重负："好的，方丈，谢谢您。"

庞伸出手腕，让方丈帮他系好。他低头盯着手环，心里想着这些年来其间蕴含的所有祝福。"愿你在鼾声中入睡。""愿你永远不会把热茶洒在朋友身上。"都是些微不足道却不乏古怪有趣的祝福。但即便如此，老方丈给予的每一个祝福都实现了。

每位村民都能讲出这样的故事，关乎占方丈给予的"礼物"，关乎愿望成真。有一位渔夫曾得到占方丈的祝福，愿他的船永远不会破洞。后来，一场突如其来的暴风雨袭击了码头，其他船只全都受到损伤，唯有他的船幸免于难。还有一位可怜的寡妇，她只有一只鸡，占方丈对她说："愿那只鸡能永远供养你。"三十年后，寡妇说那只鸡仍然每天都下一颗蛋。

对庞来说，这些故事十分常见，常见得就和这座村庄本身一样普通。但或许，占方丈的礼物并没有他想象中那么普通。

庞回想起学校里那个婴儿，想起只有他看到的那束光，

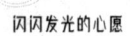

还有绑在婴儿手腕上的特殊的绳子,以及占方丈为她祈祷之前所说的话:"最脆弱的人理应得到最好的祝福。"

做祈祷时,庞双手合十,手指颤抖着。他把双手放到大腿上,还没来得及阻止自己,心里的话便脱口而出。

"您是怎么选择的?"

占方丈挑起一边的眉毛。"选择什么?"

庞咽了下口水。"选择给一个人什么样的祝福?"

占方丈面色平静如常,没有回答。

"您所有的祝福都会成真,是吗?"庞追问道。

老方丈点了点头,说:"是的。"

"小的祝福会成真,大的也会吗?"

占方丈看向庞的眼睛,许久后,又点了点头。

"所以,您今天祝福的那个婴儿,"庞说,"您祝福她在安宁中前行,这会成为现实的。"

占方丈微笑着说:"会的。但我希望,即便没有我的祝福也还是能实现。"

"不过,为什么要这样祝福她?为什么不让她成为一个富有的人?或者长命百岁?"

老方丈的额头一皱,挤出许多道褶儿。"好了,庞,我确定我教过你,给予他人时,不要把财富看作比安宁更重要的礼物。财富可以是一种祝福,也可以是一种诅咒,未必能带来幸福。而长寿呢？如果你深陷苦难之中，或者你爱的人已经离世，长寿也有可能成为折磨。你现在还不懂，因为你还年轻。"那一瞬间占方丈收起了笑意，接着说道，"现在的你还无法想象，总有一天你要做好准备，与人世告别。"

庞深吸一口气，又呼了出来。占方丈不知道他打算说什么。"如果幸福是目的，那您可以祝她幸福。"

"幸福是一个人的人生目的吗？"

占方丈好像在打哑谜。真是令人挫败。今天，庞想听到的是简单明了的答案。

"我不知道。我……我只是不明白，您为什么不给她一些她真正需要的东西，未来某一天她可能会迫切需要的东西。"

"庞，你一直在绕来绕去。你我都知道，我的职责就是送出那些可以实现的祝福。"占方丈敛起笑容，眉头又皱了起来，"你为什么不直接讲出你真正想知道的事情呢？"

庞觉得自己被困住了——被寺庙的墙壁挤压着，被围堵在心脏周围的那道无形的墙壁挤压着。

庞伸出左手。"所有这些祝福和祈祷，"他指着那些手环脱口而出，"它们是用来做什么的？是为了保护我，对吗？您的祝福，目的是掩盖我的印记，让人看不到它。但您为什么不让它直接消失呢？为什么不把它全部抹掉，而是让我掩盖起来？"

庞努力让自己的声音保持平稳,但还是无法压抑住言辞间愤怒的腔调。听到自己说出这些话来,他感到羞愧又煎熬,但又控制不了。

"我本来可以无忧无虑地,"他继续道,"在外面的世界自由闯荡。您本可以祝福我顺利出海。您本可以祝福我获得自由。您说过,最脆弱的人理应得到最好的祝福。我就很脆弱啊,不是吗?这些年来我在这里,每天都担惊受怕,担心有人发现我的身份,把我带回监狱。一直以来……"

一直以来,您本可以阻止这一切的,庞心想。

占方丈的脸上浮现出深深的哀伤。"哦,我的孩子。我亲爱的孩子。我曾想过为你抹去那个印记。可万一有一天你需要它呢?如果我那么做的坏处多过好处呢?"

庞心里清楚,他不能再像刚才那般无礼地争论了,所以他保持沉默。未来他还会需要那个该死的印记吗?谁信呢?

占方丈重重地叹了口气。"这样的事我已经做了很久了。曾有一段时间,我还年轻,还没吸取过教训的时候,确实给予过你口中的那种祝福。我想用我的天赋帮助他人,想肃清这个世界上所有的痛苦和折磨。但我太傲慢了,仅凭我一个人就能拯救整个世界吗?而且,我的给予也出了问题。"

"什么问题?"

占方丈的视线顺着敞开的大门投向室外。"总之是超乎你的想象的问题,复杂又令人意外。经历了惨痛的教训我才明白,即使意图是好的,我也没有资格去拯救谁,或是强迫这个世界屈从于我的个人欲望。我的给予不应该以此为目的。"

庞低头看着地毯。又来了,这些没完没了的大道理。可他的要求微不足道啊。还是改天再谈拯救世界的事吧。今天,现在,庞只有这一个微不足道的请求。

庞抬起头时,发现老方丈闭着眼睛,眉头紧锁,嘴唇合上,成了一条直线。

"占方丈,"庞说,"求您了,求求您了……"

"我们还是下次再聊这件事吧,"老方丈的声音低沉嘶哑,"我得打坐了。"

"方丈,我可能没有下次了——"

"你该走了,庞。"占方丈说,语气变得严厉坚决。谈话结束了。

庞的眼里溢满滚烫的泪水。他深深鞠了一躬,离开了。

庞径直去了扬师兄的住处。尽管知道扬此时不在,他还是轻轻敲了敲门,随后打开门走进了那间小屋子。

扬师兄负责记录船只在山脚下停靠的时刻表,以便在有村民生病时,能赶紧送往城里的医院。庞找到时刻表快速看了一遍。第二天会有两艘货船停靠,都会在下午两点钟驶离,一艘往南,一艘往北。

　　明天一吃完早饭,庞就会登上那艘往南走的船,向大海进发。

第14章
针锋相对

诺克醒来后就再也睡不着了,她已经干躺了一个小时,干脆不睡了。天还没亮,也许可以在父母醒来之前做一会儿手杖格斗练习。

用虚无步法走下楼梯的时候,她听到厨房里传来临时负责他们食宿的老妇人的声音。诺克探过头去,向老妇人鞠了一躬。"早上好,维邦夫人。"

老妇人发出一声轻呼,转过身来。"哦,诺克!你吓到我了。你起得太早了。你这样的年轻小姐应该起得很晚才是。"

"我起得比您晚呀。需要我帮忙吗?"

维邦夫人挠了挠沾在自己脖子上的黄香楝粉。"谢谢你,

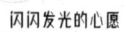

我刚为僧人们做好了鱼和米饭，得送到村广场那里，然后回来给你们做早饭。你母亲告诉我你们俩今天要去参观学校，应该很有意思。"

诺克的胃揪成一团。妈妈没说过要参观学校的事。诺克告诉自己，这可能只是一次慈善访问，妈妈总是去学校和收容所这样的地方捐钱。不过，如果是做慈善，妈妈应该不会带她一起去啊。是了，唯一的目的只能是把她介绍给她未来的老师们。好吧，也许妈妈醒来的时候我就不在这里了，诺克想。

"维邦夫人，让我帮您把食物送去给僧人们吧？"诺克问道。

"你确定吗？"老妇人询问时，诺克已经走进厨房，"如果你不介意的话，那可就太好了。"

"我一点也不介意，"诺克说着，接过盖着盖子的餐盘，"我在家从来没做过这些事。而且，我还想再见见占方丈。"

太阳还没升起，诺克走在通往村子的路上，新鲜的香草和蒸鱼味儿从餐盘里飘出来。是的，她是真的还想再见一见占方丈。刚到这里的时候，他和爸爸谈了很久，尽管两个人对几乎一切事物的看法都有分歧，但从一开始诺克就喜欢上了那位老僧人。

到达村广场的时候，天空变成淡淡的灰色，僧人们已经快要完成晨间的徒步修行。诺克脱下鞋子，加入村民的队伍，大家都端着食盘。僧人们走到跟前，村民们用勺子把食物分到他们的木碗里。占方丈不在，所以诺克把鱼给了其他僧人。

随后，她站在一棵树下看着村民们。这天是集市日，人们从四面八方赶来，在主街上买卖货物。

诺克看向沿路的一排店铺。中心位置有一家商店，出售蔬菜和用香蕉叶包裹的外卖食物。店主刚把刚烤好的甜品堆成一个整齐的金字塔——金色的蛋糕，内馅儿可能是蜜豆子或菠萝果冻。

诺克的嘴里分泌出唾液。她走过去，打算买一些带回去给维邦夫人，就在这时，她看到一只五条腿的褐色"蜘蛛"在蛋糕展柜上爬行。诺克足足花了一分钟才意识到，那不是蜘蛛，而是一只手，一个赤足小男孩的一只手。

他的手指绕进去，从蛋糕塔里拽出了一块。但匆忙之间，男孩把整座蛋糕塔都给扯散了，蛋糕悉数滚落到地上。

店主从屋里跑出来，火冒三丈，破口大骂："该死的！我的晨曦蛋糕！全是灰尘！"

诺克看着眼前发生的事，附近的人聚上前去帮忙收拾，而那个男孩早就跑掉了。似乎除了她之外没有人看到刚才发生了什么。这也正常，她想，在公开场合偷东西——没有规则的地方就是会发生这种事情。

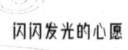

诺克穿过广场，沿着赤足男孩刚才消失的方向追去。如果能抓住他，就能帮爸爸提供依据，向占方丈说明魔法球和法律的必要性。她双手垂在身侧，准备冲上去抓那个男孩。可当她转过街角，却看到有人抢在她前面了。

一个僧人跪在男孩身边。男孩手里仍然紧抓着黏糊糊的蛋糕，他瞪大眼睛看着僧人，眼泪汪汪地点了点头。僧人年纪不大，只是一个见习僧侣。诺克使用虚无步法靠近了些，好听清他在对那个小偷说什么。

"你比我更清楚，"年轻僧人厉声说，"那我们就说好了。明天的第一件事就是它。好了，你最好遵守承诺。快跑吧。"

"快跑吧？"诺克脱口而出，走到两人面前，"你真的打算让他走？"

男孩和年轻的僧人扭头看她，吓了一跳。

"不好意思，"诺克向年轻僧人鞠了一躬，又开口道，"但你一定没看到刚才发生的事。这个男孩从商店里偷了一块蛋糕，还导致所有蛋糕都被毁掉了。"

僧人偏过头去，低头看着地面。"我看到了，小姐。"

"好吧，那我相信你也赞成，我们不能让他就这么拿着蛋糕跑掉，"诺克尽量让自己的声音听起来恭敬有礼，"最起码，他得回去付钱。"

小男孩的嘴唇开始打战。

"他付不起钱。"僧人低声说。

"那他在偷东西之前就应该想到这一点。"

"对不起……对不起……"小男孩呜咽着说,手里的蛋糕已经被他捏成了黏糊糊。

"他知道自己做错了,"僧人一边说,一边轻拍男孩的手臂,"你知道错了吗?"男孩点头,抽了抽鼻子。

僧人一直偏着头,避免和诺克对视。诺克想,这或许是因为自己是女孩子。她后退一步,试图减轻他的尴尬,但她不打算让步。

"这对那位糕点师不公平,"她说,"他只剩下了四十块被毁掉的蛋糕。"

僧人站起身来,微微低头,收起自己的下巴。有那么一瞬间,诺克认为他做出让步了。只见他后退一步,又向前走了一步,好像没法拿定主意。

最后,他终于站定,用只有诺克能听到的声音轻声说道:"看看他。"他对着那个满脸鼻涕的男孩点了点头。"他以前没偷过东西。而且他不会再这么做了,我向你保证。为什么还要让他再蒙受羞辱呢?这没有意义。那个人,我是说糕点师,他脾气很坏。如果你现在去告诉他刚才发生的事,他会大发雷霆,没准儿还会用鞭子抽这个男孩。或者更糟的是,老板会让男孩的家人去店里赔钱,但他家赔不起。他们

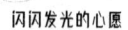

很穷。他已经向我保证了,他会去店里无偿帮忙一个星期,好弥补老板的损失,学校的课程一结束他就会去。这已经够了,你不觉得吗?"

诺克肩头一紧。

学校。

就是父母今天早上要带她去的那所学校。他们想把她留下来的那所学校。没时间了,她必须做一些事情救自己。将眼前这个小男孩抓去接受法律的制裁或许算不上什么壮举,达不到令人瞩目的程度,但她决定试试。

"很抱歉,"她坚定地说,"但这不是查塔纳人的做事方式。这个男孩得跟我走。别担心,我保证他不会挨鞭子。"她向男孩伸出手,"来吧,我们走——"

在她握住男孩的手之前,僧人一脚迈到两人中间。"快,跑!"他偏过头去,小声对男孩说。

机不可失。男孩嗖地向森林里跑去,碎了的蛋糕被他丢在了地上。

"停下!"诺克叫道,但太晚了,男孩已经没了踪影,"那个男孩叫什么名字?"她质问见习僧人。

"什么男孩?"

诺克这才意识到,他从头到尾都没提及那个男孩的名字,显然是故意的。此刻,僧人抬头瞥了她一眼。这一瞥足以让她看到他眼里一闪而过的蔑视。那眼神充满挑衅，诺克甚至后退了一步。她以前在哪里见过这双眼睛。

"我……我认识你吗？"她问。

"庞师弟！"一个声音由远及近。

庞。她认识一个名叫庞的男孩吗？

"庞师弟！"一个瘦高的僧人转过街角，跌跌撞撞地朝他们跑来，喘着粗气说，"你在这儿！快来……快！"

"怎么了？"见习僧人问道。

"占方丈……他摔倒了！"

第 15 章
一个祝福

庞和其他僧人一起跪在占方丈的住处外面。门关着，里面传来扬师兄低沉的说话声。寺里的其他地方一片寂静，庞的思绪却像风吹过棕榈树叶一般沙沙作响，脑海中满是噪声。

诺克认出他了——他很肯定。

她那双乌鸦般敏锐的双眼就那么盯着他看。庞确信，如果当时登师兄没有跑来找他，诺克会在村广场上与他对质的。

太阳越升越高，庞觉得自己像根钓鱼线，被拽得越来越紧，越来越细。为什么就不能闭嘴呢？索姆吉以前也这么说过自己，为什么就不能把嘴巴闭紧呢？他根本就不应该去村子里，但他想在离开之前最后再看一眼。看到那个小男孩偷蛋糕时，他应该无视的。诺克想揭发男孩，他也应该置之不理的。但胸腔里那股熟悉的灼烧感已然迸发，他忍不住。可这样做有什么好处呢？

那个机敏的女孩现在在哪里？去向她父亲告状了吗？他们还会纠集一帮警察吧？庞不断想象着，似乎能嗅到她靠近的气息，那是柠檬花和木屑的气味。脑海中的噪声里有个声音突出重围：你得马上跑，在她到达寺庙之前就跑，否则就真的太迟了。

庞已经错过了搭乘南行货船的机会。这艘船将在一个多小时后离开山下的码头，但走完那条曲折的山路需要花费两个多小时，而且他不能在占方丈生死未卜的情况下离开。

房门打开，扬师兄走了出来。他还没开口，庞就从他的神情中读出了结果。

"师兄弟们，"扬清了清喉咙说，"向我们的方丈告别吧。进去致敬吧，不要逗留太久，占方丈非常虚弱。登师弟，来吧，你第一个。"

登进屋时，来寺里打扫卫生的维邦先生走到扬师兄身边。庞竖起耳朵，勉强听到了他细小的说话声。

"西瓦潘法务官和他的家人来了，"他对扬说，"来向方丈致敬。"

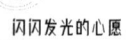

扬叹了口气，揉了揉眉心说："您能告诉他来不及了吗？或是想些办法拖延一会儿？我觉得占方丈等不了那么久，甚至等不到每个僧人都向他告别。"

僧侣们一个接一个地进入房间。维邦先生哽咽着点了点头。"好，我会的。但法务官也说了，他有重要的事情要和您谈。"

"等等吧，"扬坚定地说，"请告诉他，这里一结束我就出去和他谈。庞？"

庞的身体猛地一抖。"嗯？"他勉强答应了一声。

"小师弟，你还好吗？你看上去不太舒服。"扬弯下腰靠了过来，"你知道的，占方丈只是告别今生，去往来世。你不必如此难过。"随即他又补充道，语气更柔和了些，"但我理解你的感受。你和方丈关系特殊。如果现在进去对你来说很困难，你也不是非得这么做。"

庞看了看寺庙后面的森林边缘处，那里是他住的地方。他可以假装回自己的房间，然后在扬或其他人知道事情真相前逃掉。这是他唯一的机会。

但也是他向占方丈告别的唯一机会。

"我想进去。"

扬点了点头。"好吧。轮到你了。"

庞站起身走进房间。门在他身后合上，挡住了阳光。占方丈躺在房间中央的一张垫子上，小巧的祭台上烛光闪烁，空气中浮动着焚香气味。

庞跪在垫子边，不确定占方丈是否清醒着。但老人睁开了一只眼睛，露出他平素的笑容。烛光下，庞看不到他脸上的皱纹，他看上去神采奕奕，身体康健，完全不是扬所说的那样。有那么一瞬间，庞甚至以为这个老人或许是在愚弄他们，他还会活许多许多年。

占方丈轻轻勾动一根手指，庞走近了些。他抬手扣住庞的左手腕，盖在手环那里。

"你在这里待了很久了，庞，"占方丈说，声音平稳柔和，"这么长时间以来，我一直把你带在身边。或许我们过于亲密了。"

"您教会了我很多。"庞轻声说。

"我是教了你一些东西，但你教会自己的更多。你是个好孩子，善良的孩子。你有一颗美好的心灵。"

庞想用手指塞住耳朵，他不想听这些话。他不好。他是个骗子、小偷、逃犯，还曾对唯一善待过他的人恶言相向。庞觉得羞愧难当，他竭力忍住眼泪。

他忍住了。他希望占方丈能带着安宁离开这个世界。"我会遵照您的教诲，延续您的善行。"他低声说，"您走之后，我们会继续在寺里传承您的伟大事业。"

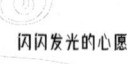

占方丈露出痛苦的神情。出于某种原因，庞的话产生了相反的效果。"我想我做错了，"老人低声说，"我把你藏起来保护，但现在，我怀疑这样做可能错了。"他咳嗽起来，过了很久才恢复正常的呼吸。他指着墙边的一张矮桌说道："那里有个小盒子，把它拿给我。"

庞向身后的门望去，觉得它随时都有可能被西瓦潘家的女孩撞开。这种紧迫感让他皮肤一阵刺痛。但他不能离开占方丈，最起码现在不能离开。

庞拿起桌上的小木盒，带到老方丈身边。盒子里有一段由红线和金线编织而成的细绳，和占方丈在学校里送给女婴的那根一样。

"你有一种天赋，"占方丈轻声说，"你能注意到被其他人忽略的事物。我一直在想，这是否因为你在追寻着什么。"

"追寻着什么？"庞重复道。

占方丈没有多做解释。"我想我终于明白那是什么了。现在我知道了。我明白，你不能继续待在这里了。靠过来点，庞，我还有最后一个祝福要送给你。"

庞倾身向前，不知道老方丈打算做什么。烛光在他眼里闪烁跳跃。他的眼睛似乎过于明亮了，溢满火光，与他苍老的身体尤为不协调。他盯着庞，眼里盛满庞无法理解的意味。

庞把手腕伸到老方丈胸前。老方丈抬起干枯的手,颤抖着将那根细绳系在庞的左手腕上,紧挨着其他手环。他的嘴唇和缓地翕动着,喃喃念出祝福。

庞闭上眼睛。

"我的祝福是,愿你找到你正在追寻的东西。"老人低声说。

庞闭上眼睛之前分明看到了一抹金色光芒,就像太阳从面前飞过。他吓了一跳,赶忙睁开眼,可房间里还是和刚才一样暗。

门开了。庞抬起头,是扬师兄。"很抱歉,"他对庞说,"西瓦潘法务官说他必须跟我谈谈,而且他不愿等。我可以先跟占方丈说几句吗?"

"当然可以。"

庞站起身。他不停地眨眼,想赶走眼里跳跃的光点。

他感觉到沉重的悲伤,就像袍子下摆缀了石头一样。他最后一次向方丈鞠躬,随后走出了房间。

第 16 章
无路可逃

诺克和父母站在寺庙院子里，一棵枝丫蔓生的柚子树为他们挡去了午后的阳光。诺克用鞋尖在泥地上来回轱辘着鹅卵石，好让自己尽量不去在意时间的流逝。他们叨扰了占方丈生命的最后时刻，对此诺克感到歉疚，但她还是很想让事情赶紧着手处理。出于尊重，他们一家决定再等一会儿，但等待时间超出了他们的预期。

诺克看了看妈妈。她似乎也很紧张，但喜悦之情溢于言表。妈妈当然记得那个差点毁了他们生活的男孩。"他就叫庞，"她提醒诺克，声音里带了丝怨恨，"一定是他。"

是的，诺克也觉得那一定是他。在村子里时他从她身旁走过,她看到了他的左手腕,虽然完全被绳子做成的手环盖住了,但没关系,无须检查监狱的印记她就能确定,他一定是那个男孩。

诺克知道庞也认出了她。她很想知道,庞现在是在乞求其他僧人的原谅,还是想借助撒谎来摆脱这一切。撒谎对他没有任何好处。他被发现了。现在他必须直面后果。

想到逃犯被捕的消息将在全府范围内传播,诺克的脉搏跳得更快了。她想象着妈妈那些朋友在光洁的餐桌上打牌的场景。

你听说了吗?最近西瓦潘家的女儿抓住了一个逃犯,那个逃犯就藏在众目睽睽之下!

谢天谢地,幸亏她在那儿!不然他可能会永远逍遥法外。

她的父母一定很自豪……

诺克在树下徘徊,四下打量着寺院。虽然是午后最炎热的时候,寺里的空气却十分凉爽,微风习习,安静祥和。很难想象在过去的四年里,这里一直藏着一个危险的逃犯。

园丁维邦先生拖着步子走过来,向诺克的父母鞠了一躬。"法务官,扬师父已经准备好与您见面了。"

"终于可以了。"诺克妈妈抱怨道。

他们跟着维邦先生往里走。一只鹦鹉从林子里飞出来,叽叽喳喳叫着,划过他们头顶。诺克将视线投向寺庙建筑上

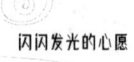

空，追寻它的踪迹。鹦鹉是祥瑞之鸟，在这样的一天看到它是个好的征兆。接着，鹦鹉停在了寺门上方的拱道上。

诺克停下脚步。她记得刚才自己是最后一个进院子的，而且当时寺门关上了。但现在寺门敞开着，在离地面几厘米的地方，一层薄薄的灰尘打着旋儿。

脖子边有一股灼热感涌向脸颊。诺克匆忙抓起自己靠墙放着的手杖，冲出大门。

"诺克？"爸爸喊道，"诺克，你要去哪里？"

诺克没有减速。等父母召集警察过来就来不及了。如果想抓住庞，她就必须自己动手。

诺克飞奔而下，森林中的山路仿佛一条绿色隧道。

我比他快，诺克这样想着，脚下生风，下山的路只有一条，用不了多久我就能追上他。

突然，诺克猛地停了下来。既然她的速度更快，最终一定能追上他，那他应该也知道这一点，除非他是个大笨蛋。但诺克不觉得庞是个笨蛋，一个能在四年间避开追捕的逃犯不会犯这样愚蠢的错误。

诺克掉转方向，开始慢慢地往回走，步伐悄无声息，连一粒灰尘也未曾惊动。她让自己的呼吸平静下来，好听清四周的动静。有那么一会儿她只听到了远处的鸟鸣。然后，她听到了一根树枝断裂的声响，可能是什么动物。

也可能是一个男孩。

诺克扫视着两边的森林。这回她注意到了，刚刚她正好错过了一条通向林子里的小路。身后的寺庙里依稀传来喧闹声。爸爸还在喊她的名字。

诺克离开大路，走入森林。她使用虚无步法踏上那条掩映在树丛中的小路。这一定是僧人们徒步修行时使用的小路之一。路有些陡，她得把手杖拄在地上才不会打滑。前方传来沉重的撞击声，像是有人绊倒了。诺克愣在原地。

然后，她听到有人在枝叶间穿梭的声音，好像对方已经打定主意不想再悄无声息地逃了。

诺克用手杖撑着跑下陡峭的山坡。她的心激动得怦怦直跳。这不是体育馆里的格斗练习，这是实战。

然而，尽管多年的训练已经为这一时刻做好了充分准备，她还是怕了。这可是独自面对一个危险的罪犯啊。如果出了问题，不会有老师来中止训练，也不会有裁判员介入叫停。

诺克感到心慌意乱，匆忙间突然看到林间小路的尽头是一处沉洞。她来了个急刹车，差点就掉进去了。她抬头看向茂密的树林，又低头看了看沉洞。据说这一带到处都是洞穴。庞一定是下到洞里了，他已经无路可逃。

诺克紧随其后，一边顺着洞口往下爬，一边稳定自己的

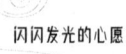

情绪。

你能做到的,她告诉自己,你曾打倒过比他个头大得多的男孩。

诺克落入尘土飞扬的沉洞里,迅速做出防御姿势。她双眼四下打量,观察着周围的环境。

这是一处巨大的石灰岩洞室,洞顶很高。洞室的一面墙上立着一尊宏伟的石雕佛像,盘腿而坐,神情安详。如果此刻不是处于戒备状态,诺克会恭恭敬敬地鞠上一躬。这是尊令人惊叹的雕像,雕刻风格古朴,建造时间应该早于这座村子,甚至早于那座寺庙。佛像的头顶上方有一个宽阔的洞口,能看到一方蓝天。

诺克突然意识到自己在哪里了。这就是著名的塔纳布里洞穴,洞口通到河面上方,洞里是悬崖峭壁。中午时分,阳光顺着洞口涌入,佛像闪闪发光。现在已经过了正午,快两点了,佛像已经隐入阴影。

诺克将目光从佛像上移开,望向洞口。她看到一个男孩站立着的轮廓,男孩身后便是湛蓝的天空。

"别动!"诺克喊道,声音弹到石灰岩壁上吓了她一跳。她举起手杖,缓慢地向前移动。

庞背朝洞口退去。他的肩膀缩成一团,双手放在身前,看上去很害怕。

他确实应该害怕。从洞口到河面的高度有五十多米,他无处可逃。

意识到自己即将抓住他,诺克胃里抽动了一下。

"待在那里。"她更有把握了,"如果你老老实实跟我回去,你就不会受伤。"

"回寺里?"庞问道,"为什么?好让你给我戴上手铐吗?"

诺克甩出手杖,直指向庞。"如果有必要的话。"

庞又退了一步。"然后你会带我回南原监狱,对吗?"

诺克慢慢靠近,她有信心。尽管自己个头比庞小,但她觉得自己像个巨人。那是一股冲动,一种化身成正义使者的情绪。她多希望父母能在这里,看到她所做的一切。

"不回南原,"她说,"你已经过了年龄,不能回那里了。你会接受审判,之后他们会把你送到男子监狱——邦拉。"

庞打了个冷战。他突然冲过来,试图从她身旁跑过去。但诺克速度太快了,她的手杖呼啸着挥过来,庞听到了破风声,只见一道苍白的残影闪过,紧接着手杖一端便重重砸在石灰岩墙面上,发出一声巨响,挡住了庞的去路。震落的石灰岩碎片从洞顶崩落下来,雨点般掉在诺克肩上。她再次旋转手杖,迫使庞向边缘退去。作为一个女孩,她不应该触碰僧人,更不应该攻击僧人。但庞是个假僧人,不适用这些规则。诺克已经准备好做她必须完成的事,即便这意味着要把对方摔倒在地。

庞的眼珠猛烈颤动着。"我不会去邦拉的，"他喘着粗气说，"我不会去任何一座监狱。我不属于那里。我没做错任何事。"

"你逃跑了，"诺克稳稳握着手杖，"你违犯了法律。"

"强迫孩子活在监狱里的法律？因为我违犯了这样的法律，所以你要为难我？"

"如果你老老实实待在监狱里，最近就会被释放。你没有意识到这一点吗？"她说，"如果你能遵守规则，你会获得自由的。"

"规则蠢透了！"庞大喊，诺克不禁后退了一步。"而且不公平！"

"随你怎么说，"诺克努力稳住自己的脚步和声音，"你必须遵守规则，否则规则又有什么用？"

庞呼吸有些急促。他低着头，缩着肩膀，好像已经被戴上了手铐。他稀疏的眉毛下，一对眼睛凝视着诺克。他说道："你这样的人说出这样的话倒是容易。"

诺克眯起眼睛，问道："什么意思？"

"对你来说，遵守法律很容易，"庞坚定地说，"法律是为你这样的人制定的，还有你们这样的家庭。"

"你算什么，敢议论我的家庭！"诺克的太阳穴涌起一股热浪，音调提了上去。自己的声音听起来好像失控了，她不喜欢这样。她努力保持平静，但那些话还是连珠炮一样不受控制地从嘴里吐出来："是的，我们遵守法律，因为好人都这么做。好人遵守规则，如果不遵守，他们也会接受惩罚。你觉得法律不公平所以就要破坏它吗？你不能这么做。你没有资格决定什么是对的，什么是错的！"

"那谁有资格？"

这是个愚蠢的问题，一个应该放在课堂里或在哲学辩论时问出的问题，完全不适用于眼下的追捕场景。但诺克想不出答案。她的舌头抵住上腭，等着大脑想出答案。

身后沉洞上方的树林里传来说话声，还有人群在洞外灌木丛间穿梭的声响。

诺克呼出一口气，稳住手杖。"老实投降吧。"她的声音终于平静下来。

庞半蹲着直起身，膝盖半弯，像一只即将向她扑去的野兽。诺克举起手杖，让体内绷紧的能量汇聚成球，但随后她停了下来——用手杖敲击地面可能会损坏佛像，甚至可能导致洞顶塌陷。

"老实投降，"她又重复了一次，"你不会受伤的。"

身后传来熟悉的呼唤声。

"诺克！"是爸爸。诺克转过头，见爸爸正顺着沉洞往

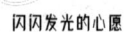

下爬,后面跟着一帮村民。

"我在这里,爸爸!"她笑了,如释重负地看着身后,爸爸看到了这一切,诺克觉得很自豪,"我抓到他了!"

诺克转回身的一刹那,庞一跃而下。

第17章
错谬之船

过于长久的坠落，超出了站在洞顶时的想象。

过于猛烈的撞击，超出了对水的触感的想象。

僧袍鼓起的泡泡，托起他，但泡泡转瞬消失了。

踩啊，咽啊，抓啊，在那绝望的水面之下。

刚刚好经过的一艘货船。船尾摇摇摆摆，那么近，水波拍在身上，又那么远，船身触不可及。

刚刚好拖下来的一根旧绳。拖在船尾几个月，早生了绿藻，早被人遗忘。

发狂似的抓牢。抓住啊！攀爬啊！左手换右手，右手换左手，肺如火灼一般地疼。

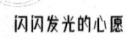

痛快地呼吸。攀附在破烂的渔网上,用尽最后一丝力气。

然而,希望沉入水底,像吸满水的金褐色长袍。

这是一艘错谬之船。

这不是向南航行的货船,不是通向大海的货船。

这是一艘向北航行的货船,前往查塔纳的货船。

第18章
流言蜚语

那天早上，诺克一睁眼就知道爸爸不在。爸爸和她一样醒得很早，她已经习惯了每天早上听他在木地板上拖着脚步来来回回的声响，他的钢笔在纸上画过的声响，还有他规律的咳嗽声。因为不想吵醒妈妈，他会尽量放低这些声音。

诺克盯着天花板，在自己的小床上躺了很久，阳光让房间温暖起来。

她通常会更早醒来，但昨晚是个长夜。当她和爸爸以及一帮村民来到河边时，太阳已经落到山后面。他们发现庞的僧袍漂浮在岸边，但没看到尸体。她和爸爸待在那里，看着村民们用渔网和竹竿在河里划拉。

闪闪发光的心愿

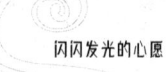

维邦夫人站在一旁抽泣着。"他不会游泳！啊，为什么，为什么我们没教他游泳呢？"

诺克站远了一些，她不想让人看到自己在皱眉头。她喜欢维邦夫人，但她希望这个老妇人能安静下来——维邦夫人越是哭诉庞溺水的事情，村民就越不可能相信诺克的话。他们已经开始上岸搜索了。

"没用的，"维邦先生手拿一张空网，也是一副快哭出来的样子，"哪里都找不到他。他已经死了。"

诺克爸爸看着岸边昏暗的丛林点了点头。"那孩子跳下去的时候，河里有船，是吧？"

维邦夫人又恸哭起来。

"那他大概是被船撞死了，先生，"维邦先生说，"我们找到的僧袍都烂了。掉进这样的大船下面，没人活得下来。"

诺克很沮丧。那个男孩一直都在欺骗周围的人啊，为什么没人愿意相信这次他仍有可能骗过所有人呢？自己之所以沮丧是因为没人相信自己，还是因为整个村子都在为一个逃犯的所谓"死亡"而悲痛呢？诺克不知道哪一种可能性更糟。

每一个人、每一件事都让诺克感到恼怒。但实际上，她的恼怒主要是因为自己——差一点就能抓到庞，但她失败了。

她悄悄下床，走到窗前。一个仆人正用一把破扫帚清扫空荡荡的车道。马车已经离开了，诺克觉得妈妈或许也离开了。

她走到梳妆台前。妈妈给她准备了一条裙子。妈妈总是会这么做，尽管她知道诺克根本不穿裙子。诺克伸手去拿自己那套深色格斗服，阳光照在她手臂的疤痕上。

她用手指抚摸自己的小臂，皱巴巴的皮肤由掌根向上，延伸到接近肘部的位置。她很清楚它们的样子。如果这些疤痕突然变成沟壑纵横的山谷和峰峦，她甚至可以蒙着眼睛走过去。

那次事故发生时，诺克只有三岁。受伤的事她已经忘了，但她记得事后被照顾的场景。那是一个深夜，她记得仆人们围着她忙前忙后，还有爸爸呼喊医生的声音。

"快过来！她在这儿！"然后爸爸的脸出现了，他靠上来，脸上的微笑盖住担忧，"没事的，诺克。你很勇敢，你是个坚强的女孩。"

那时自己肯定哭了。哪个三岁小孩儿被烧伤后会不哭呢？可是，每每回想起那个夜晚，她都不记得自己发出过任何声音。她只记得人群聚集在周围，告诉她她有多坚强、多勇敢。

最重要的是，她记得妈妈哭着把她紧紧抱在怀里。她记

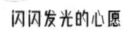

得妈妈的泪水打湿了她的头发。她闻到了妈妈的香水味,无论走到哪里,妈妈身上都有那股晚香玉的香气。

"对不起,"妈妈哭着说,"哦,对不起,真的对不起。诺克,宝贝,我亲爱的宝贝,我真的对不起。"

女仆轻抚妈妈的后背。"是意外,夫人,"她不断重复着,"这是场意外。这不能怪您。"

睡衣外面直接披了件外套的医生冲了进来。"告诉我发生了什么。"他跪在诺克跟前,打开手提箱。

诺克还记得自己的视线穿过仆人间的缝隙,瞥见妈妈的梳妆台。一个闪闪发光的罐子侧着倒在上面,像是装了某种药膏,盖子掉在地上。梳妆台上的蜡烛被吹灭了,可烛芯仍在冒烟。哥哥站在房间门口,瞪大眼睛,看上去很害怕。

父母面面相觑,没有说话,是女仆回答了医生的问题。"孩子玩她妈妈的药膏,沾到了手臂上,因为离蜡烛太近,火苗就烧上去了。"

医生叹了口气。西岸的贵妇们认为,点蜡烛能祈来好运,所以她们都会秘密持有一些蜡烛。尽管这么做是违法的,但医生没有多做评判,这是他最好的一位客户,怎么能干涉和指责呢。

"对不起!"妈妈哭着说。

"好了,夫人,"女仆说道,言语间几乎带了些严厉,"这是场意外。"

诺克抚摸着自己的伤疤。家里从来没有人提起那个晚上。尽管医生为他们保守了秘密,但火依然是违禁品,这是改变不了的事实。谈论这件事会让全家陷入困境,所以它不值得谈论,最好能完全忘掉。

通常来说,诺克都是乐于这样做的。她更愿意着眼于未来,把过去抛在身后。但这段记忆不同,她想留住:不记得痛苦,只记得妈妈紧抱着她来回摇晃的场景,还有她头发上的香气。

诺克穿上格斗服,记忆逐渐散去,长长的袖子滑下手臂,一直延伸到手腕处。

来到楼下,诺克感到很惊讶——妈妈居然在起居室里。她已经起床了,双手交叠放在腿上,正看着窗外。听到诺克进来,她瞥了一眼,随后脸又转向窗外。在耀眼的晨光下,她脸上的奶油色黄香楝粉看上去有些干燥,已经凝成固体。

"每个人都说这座村庄很安静,"妈妈说,"可这些鸟的叫声实在很喧闹。它们正互相说些什么呢?"

诺克走近,在妈妈对面坐下。"爸爸去哪儿了?"

"今天一大早他就乘马车去码头了。他安排了一艘返回查塔纳的快艇。今天下午晚些时候,我会乘一艘慢船回去。"

闪闪发光的心愿

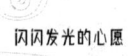

诺克注意到，自己没有被提及。她看了看妈妈，等她继续说。

妈妈转过脸时，画面仿佛定格了，就好像她一直坐在窗前构思着该说什么，以及说话时的表情。她低头看了一眼诺克的手臂，然后垂下头。她的表情柔和起来，又叹了口气，诺克看得出来，接下来她说出的话并不是此前构思过的那些。

"诺克，我和你爸爸谈过了，我们认为让你留在塔纳布里度过这个学年更好些。"

尽管诺克知道这一刻早晚要来，她还是觉得这些话像一记重拳。

妈妈坐在椅子里的身体晃了晃。"塔纳布里离城里不远，我们可以常常过来。而且，我昨天去了村里的学校，还见了老师。学校真的很不错，你在这里会受到良好的教育。"

"我在查塔纳接受的就是良好的教育。"诺克终于开口了。

"对孩子来说，乡村对身心更有益，"妈妈回答，"城市的生活环境太恶劣了。"

诺克尽量让自己的声音保持平静。"我不觉得恶劣，妈妈。我喜欢那里。"

"你不了解，因为你一直被保护着。但很快你就会明白的，城市里的流言蜚语横行无忌，比刀子还要锋利。"

"我不在乎流言蜚语。"诺克说。

妈妈摇了摇头。"你会在乎的,如果——"

诺克屏住呼吸,等待妈妈大声说出那句话:如果人们发现你不是我亲生的,你会让这个家蒙羞。

但妈妈没有说出来。她清了清嗓子,摆正手指上的戒指。"长大后你就明白了。"

这次轮到诺克忘记练习过的话了。她曾在脑海里一遍又一遍地向妈妈解释。她想表现得成熟理性,却克制不住声音里传递出来的牢骚和幼稚。

"我不想过那种生活,妈妈。我不想活在别人的评价里。我不想参与社交活动,不想参加聚会。我想成为警察。没人在乎警察,不会对他们说三道四。警察都很低调。"

妈妈又把脸转向窗户那里。从神情可以判断出来,她似乎觉得诺克并没有理解她的话。

"我做了充分的调查,"诺克补充道,"加入警察队伍都需要做什么。只要通过考试和身体测试,任何人都能做警察,只要满十八岁就可以。让我试试吧,如果我失败了,我会按您说的去做,回到这里,留在乡下。"

妈妈又叹了口气,似乎在考虑诺克的提议。

诺克继续争取:"我会成功的。爸爸还可以请府尹大人写一封推荐信。"

"府尹大人?"妈妈转过脸,看着诺克说,"你知道你爸为什么突然离开吗?是我让他走的。我想让他赶在府尹大人听到风声之前把情况解释清楚。你知道整件事变成什么局面了吗?之前,你爸也只是让一个在他监管下的男孩失踪了而已。可现在呢,事情明朗了——那个男孩是逃掉的!不仅如此,他还骗了一位方丈,还在你爸眼皮子底下藏了这么久。他是逃掉的,而且逃了两次!即使最后能证明那孩子淹死了,整件事也会让我们一家人变成无能的傻瓜!"

诺克呆坐着,她被这些话刺痛了。在妈妈口中,诺克给家族带来了耻辱,爸爸也变成了"你爸",好像她和爸爸是一伙儿的,不被西瓦潘家族的其他人所接受。诺克不知道究竟妈妈哪句话让她更难过一些。

妈妈起身,站在诺克面前说:"你得留在这里,去当地的学校。你适合这里。这座村庄的人都很好。"

"但是,妈妈……"

"你不要再说了!你要尊重父母的意愿。"她牵起诺克的手,把诺克拉起来,低头看着女儿那被格斗服袖子遮住的手臂。突然,她紧紧抱住了诺克。

"我知道你不想这样。"她低声说,声音有些颤抖,这让诺克感到惊讶,"但生活常常不遂我们的愿。我们无法事事如意,得到想要的一切,但我们必须以最好的方式处理已经得到的东西。我知道你不开心,但有一天你会原谅我的。人心的宽容是很不可思议的。"说着,她松开诺克,用柔软的手捧起诺克的脸,"我爱你,永远不要忘记。"

说完,她走出了房间。

第19章
夜间渔人

玛尼警官深吸几口气，向后转了转肩膀，试图让自己精神一些。

上岁数啦，不适合上夜班了，他自言自语道，沿着岸边的人行道大步走去。查塔纳西岸的金色灯光闪耀着，光芒透过河面折射到东岸。这让玛尼想到了被分到城市西岸的警察。所谓的美差大概就是在西岸工作吧，那里的警官闭着眼睛巡逻也不会出任何差错。不像这里，街道越来越拥挤，永远混乱不堪。

玛尼走过码头，朦胧的琥珀色灯光下停靠着几艘大型渔船。玛尼继续往前走，绯红色和琥珀色的灯光被蓝色灯光代替，然后是紫罗兰色，魔法灯球那响亮的嗡嗡声也渐渐消失，取而代之的是身体跳入河中的水花声。几十个人踩着水，大多数是孩子，他们正在查看捕蟹笼，把抓到的河虾拿给在岸上提着水桶等待的父母或朋友。

夜间渔人。

与早年间刚开始巡逻时相比，现在夜间渔人多了不少。对玛尼来说，这样的场景总归不那么令人愉快。提着桶的那些父母大多曾是渔民——不是在码头边下捕蟹笼，而是有自己的渔船和网。然而，装有时髦的高速发动机的大型拖网渔船让他们失去了工作。为了和大型渔船竞争，你需要一台大型发动机和能与之匹配的魔法球，而魔法球价格不菲。为了赚钱，你还必须有一艘快船。这是一个无解的循环，难怪会有那么多人冒着生命危险潜入夜间湍急的河流中捕鱼捞虾。

玛尼换了个方向，离开紫罗兰色灯光下的河岸，向一条黑暗的运河走去。找了几分钟之后，他发现一个熟悉的身影靠在运河边缘，凝视着下方幽暗的河水。

现在他想起来自己为什么一直拒绝西岸的闲适工作了。因为东岸有一些对他来说很重要的人，这些人需要他的照料。

索姆吉就是其中之一。

玛尼放慢脚步，在口袋里摸索零钱。他总是会尽自己所

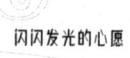

能地给索姆吉一些钱。他不知道这孩子靠什么生活,以及他在哪里睡觉、每天都吃些什么。

索姆吉的脸蛋胖乎乎的,身体却像竹节虫一样纤弱——如果在街头讨生活,这可不是件好事。而且他有呼吸困难症,这也是为什么他无法趁夜间的机会在状况好一些的河段与其他人一起捕鱼。玛尼总是撞见他在这些淤滞的运河里下笼子。可怜的孩子。除此之外,他还是南原监狱的孤儿。大多数时候,这些孩子最后还是会被送回监狱。

但索姆吉不会回去的,不会的,只要玛尼愿意帮助他。

"嘿,索姆吉!"他叫道,"我正要找你呢。"

男孩猛地抬起头。看到玛尼时,他的脸上闪过一丝惊慌,赶忙把一个东西推到水里——大概是捕蟹笼?

"哦,呃,玛尼警官!我,呃……"

玛尼心里闪过一丝担忧,以为出了什么问题。"你还好吗,孩子?你刚刚好像见了鬼似的。"

索姆吉露出随和的笑容。他挥着一只手,另一只手紧紧抓着捕蟹笼的绳子。"我?哦,是的,我没事!和平常一样,日子好着呢。"

玛尼笑着说:"那就好。听着,我需要一些建议。我船上的发动机启动时会咔嚓作响,像是要散架了。"

"嗯……魔法球和发动机之间连接好了吗?如果接触不

良,就会——"

水下咕噜咕噜的,好像有什么东西。玛尼俯下身,靠在防波堤边缘往下看,发现一个男孩的脸浮出水面,正在大口呼吸。"那是谁?"他指着水面问。

"哦,他啊,我表弟。"索姆吉说。

表弟。所以这就是索姆吉谋生的方法吧——他在城里一定有亲人,离开监狱后,他们收留了他。

玛尼询问河里的男孩叫什么名字,还没等他开口,索姆吉就探出身子俯在水面上问:"你抓到螃蟹了吗?"

那孩子大口换气,紧紧抓着捕蟹笼上的绳子。"什么?没有,我……我没法呼……"

"好吧,再试试!"索姆吉喊道,"你以为它们会自己跳到你手里吗?你得抓!"

索姆吉伸手推了推表弟的头,把他按回水里。

索姆吉对玛尼警官摇了摇头。"他很懒。往常我都是自己捕,但这家伙总得学点东西。哦,无论如何,要确保发动机接触良好。如果接触没问题,可能就是要换新的启动器了。"

表弟又一次浮出水面,大口呼吸着。可是没过多久,索姆吉就又把他按了回去。

"光明市场一楼能买到便宜的启动器,"索姆吉继续说道,"告诉他们是我介绍您去的,他们会给您批发价。"

"嘿,你可帮了我大忙了。"玛尼说,"来,这是给你的。"他从口袋里掏出硬币。

"哦,不,"索姆吉说,"您不用这样……"

"快点,拿着吧,"玛尼催促道,"你帮我节省了不少时间还有钱。别嫌少。"

索姆吉鞠躬致谢,接过硬币。接着,那个没用的表弟又两手空空地冒出来透气了。索姆吉翻了个白眼。"如果我这个懒表弟一直抓不到螃蟹,这些钱可就帮了我大忙了。"他又一次俯下身,向水里的男孩挥了挥拳头,接着又把他按下水,"回去,除非你一手抓到一只螃蟹,否则就别上来了。"

玛尼大笑着,转身准备离开。"你忙吧,索姆吉。我得去巡逻了。"他偏过头向后喊道,"嘿,你和你表弟小心点,好吗?警局刚刚得到消息,说有一个危险的罪犯在街上游荡。他是个越狱犯,之前躲在南边的一座寺里。如果你们在周围看到奇怪的人,马上告诉我,好吗?"

索姆吉严肃地点了点头。"警官,如果我看到什么异常,一定会第一时间告诉您。"

第20章
魔法灯球

从悬崖跳下、逃脱诺克追捕之后的几个小时里，庞一直紧紧抓着那艘向上游缓慢行驶的货船，跟着它在每座小村庄的码头停靠。他不会游泳，即便会，他也因为过于害怕而不敢在白天上岸。他躲在船体外侧挂着的渔网深处，耐心等待着。

夜幕降临，货船静静驶过一座高塔，塔顶发出耀眼的金光，照进黑暗里——这是几年来庞看到的第一颗魔法灯球。接着，河道变宽，庞的眼睛捕捉到耀眼的光芒。是晨光吗？

不，是查塔纳。

这座城市比他记忆中的还要明亮。不过这一次，灯光使他感到恐惧，而非惊叹。他的脑海里一直浮现出诺克愤怒的

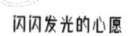

神情，还有她说过的话：你会直接被送进邦拉监狱。

然后他又想起那句纠缠了自己四年的话：生在黑暗中的人总是会回到黑暗里。

庞打了个寒战。他触摸手腕上的红色绳编手环，这是唯一能带给他安慰的东西了。想必这只是一次小小的波折。他终将找到大海，找到自由。他必须找到——这是占方丈的祝福。

最后，货船在查塔纳停靠，准备卸货。为了不被人看到，庞藏在码头长堤的木板下方。在接下来的几个小时里他一直藏在那儿，一边躲避从木板缝隙中流下来的鱼血和鲨鱼内脏，一边焦急地想办法，试图搭上一艘驶向南方大海的船。他饿极了，更糟的是他快要冻僵了。查塔纳的河水比较温暖，但即便如此，若一个人在河里待太久，还是会冻到失去知觉。庞的手指也泡得像李子干一样皱巴巴的。他只好从水里出来了。

可这时候，河里挤满了游泳的人。庞听到男孩子们的说话声，还有他们潜入水里又冲出水面的水花声。岸边也有许多人，是孩子们的家人。人太多了，庞还是没办法逃开。

他冻得牙齿打战。从码头下方爬出来之后，他抓住挂在岸边的旧轮胎和黏糊糊的绳索往前游，尽量藏在阴影里。最后，他游出主河道，进入一条狭窄的运河。这条河道很黑，走这里或许能不被发现地逃到岸上。但庞太虚弱了，运河两岸还很湿滑,他爬不上去,一股绝望涌上心头。

"请……帮帮……"他有气无力地喊道。他已经不在乎被什么人听到自己的呼救声了。

"这里!"头顶传来一个声音,"那儿有一根绳子,就在你旁边!抓住!"

庞摸索着找到绳子并紧紧抓住。他抬起头往上看。

那是张月亮一样的脸,又大又圆。庞从未想过自己还会再见到这张脸,内心瞬间溢满难以名状的喜悦。

接着一只手伸下来,把他胡乱地推到水里。

警官离开后,索姆吉费了番力气把庞拖到一旁的码头上。拖拽的过程中,庞叽里咕噜地呛着水,差点把索姆吉掀了个跟头。最后,庞跪在湿滑的木板上,一边吐水一边颤抖。索姆吉在他肩上披了一条薄毛巾。

"好了,我想玛尼已经走了。"索姆吉低声说着,回过头去看庞,"哥们儿,差一点就被发现了。真抱歉把你按到水下那么多次!我只是不想让他看到你。谢天谢地,幸亏是玛尼,不是……"

索姆吉回过头来,仍是一脸震惊,好像这才意识到对面的人是庞。他伸出双手放在庞颤抖的下巴边,将他的脸转向一边,又转向另一边,似乎不太相信这张脸真的是他的老朋

友。他松开手,露出庞记忆中那般灿烂的笑容。"伙计,你刚才突然从水里出来的时候,我还以为是鬼呢!"

庞试着对救命恩人回以微笑,但牙齿抖得厉害,带得整颗脑袋都在颤。"我……我……太……太……冷了。"他结结巴巴地说。

索姆吉盯着他光头上新长出的发茬儿,笑容渐渐收敛。"得把你弄出去。可以用这条毛巾包住你的头,然后……啊,我这是看到了什么!"

庞几乎是裸着的。他只穿着寺里薄薄的棉质衬裤,湿了之后几乎是透明的。

"啊,好吧,没关系。"索姆吉移开视线,像缠头巾一样把毛巾裹在庞的头上。"就用捕蟹笼盖住你的——你懂的——那里,如果有人问起,我们就说你的衣服被水冲走了。"

庞茫然地跟在索姆吉身后,将捕蟹笼放在自己胯部。他还得避开里面的螃蟹,不然它们会夹他的衬裤。他们走啊走,穿过城市最繁忙、最明亮的地方。

查塔纳的运河比街道多,再过几个月就是季风季节,那时候几乎就没有街道了。大多数人都会乘船出行,借助四通八达的运河系统穿越各个街区,到达主河道,再进入城区。步行的人则挤在河道两侧狭窄的木制舷梯上,或是运河之间纵横交错的暗巷。公寓楼高高耸立着,敞开的窗户上堆得满满当当，有兰科植物、洗好的衣物，还有聊天的邻居。

匆忙拥挤的人潮从四面八方涌来。庞尽力跟上索姆吉的步伐，至少急匆匆地赶路令他暖和了一些——还有那些灯光。

几年安静的山居生活之后，庞已经忘记了人造魔法灯球的样子，还有它们的嗡嗡声和金属气味。如今回到城市里，他看到了成千上万——不，应是数以百万计——的魔法灯球。尽管雨季已经过去了几个星期，但如此多的灯球似乎让空气变得稠密，充满压迫感，就像雷雨来临前的感觉。

男孩们冲进娱乐区的喧闹人群中。庞从未像这样暴露在众目睽睽之下，但这里的人太多了，喧嚣扰攘，根本没人关注他。索姆吉继续向城市深处走去，俱乐部震天的鼓声越来越远，小巷越来越脏，灯球也越来越少了。

两人走上一座桥。桥上坐着许多人，他们举着牌子，摊开手掌。过了一会儿庞才意识到这些人是在乞讨。面对伸过来的手，庞瞪大眼睛，感到很震惊。他曾在瓦辛寺遇到过乞讨的人，但从未见过这么多。有这么多需要帮助的人聚在一处吗？他真的从未见过。

索姆吉把手伸进口袋，将玛尼给的那把硬币扔进一个女人的锡罐子里。"快过来，"他拉着庞走过桥，小声对他说，"别像个乡巴佬一样，好吗？"

索姆吉突然向左转，带着庞拐进一条昏暗的小巷里。小

小的紫罗兰色灯球连成一串,悬挂在摇摇欲坠的房子上,发出微弱的光。

"我们要去哪里?"庞问。

"嘘,"索姆吉说,"我做什么,你就做什么。"

小巷尽头有一扇敞开的门,门梁上悬着一块褪色的布帘,布面上印着一条鱼,上面写着"马克海鲜餐厅"。

嗖的一声,布帘被掀到一边,一个戴眼镜的矮个子男人气冲冲地走了出来。"你也该来了,索姆吉!"他喊道,"可你的货呢?别告诉我你是空手来的,那我可不会再给你钱了。"

"冷静点,马克,冷静点。"索姆吉说着,朝自己身后点头示意,"我表弟抓了满满一笼子过来,今天让我们吃顿饱饭吧!"

索姆吉凑上前对马克迅速耳语了几句。马克瞥了一眼庞,眉毛一挑,点了点头,接着又恢复到原本怒气冲冲的样子。"好的,好,我记得你表弟,"他大声说道,"好了,快把螃蟹带去后厨。吃完饭就走。还有,不能添饭!明白了吗?"

"知道了,"索姆吉说,"来吧,表弟。"

庞跟着索姆吉走进餐厅。他把裹在头上的毛巾又紧了紧,尽力遮住半裸的身体不让顾客看到。马克跟在后面,不满地说:"现在的孩子都没礼貌。浑身湿漉漉的,衣服也没穿就来了,还指望吃顿好的呢。"

拥挤的餐厅里，食客们正埋头吃着餐盘里的咖喱蟹，或是把牡蛎壳里那肥美颤动的嫩肉吸进嘴里。庞咽了咽口水，他想赶紧吃一顿饱饭。

索姆吉闪进一间烟雾弥漫、蒸汽缭绕的厨房。厨师们正在绯红色的魔法球炉灶前忙碌，看到索姆吉，他们暂停手里的活儿点头致意，又好奇地看向庞。

"没事的，我跟马克打招呼了。"索姆吉说完，厨师们便继续切菜、炒菜，"你把螃蟹放在那里。"索姆吉指了指角落，示意庞跟上自己。两人钻进一个挂着布帘的门，里面是一间铺着绿色瓷砖的浴室。

"过来，躲进来。"索姆吉低声说。他把装着鱼露的板条箱推到一边，露出一条隐蔽的通道。

"但那个叫马克的家伙让我们吃完饭就走。"庞说。

"不，那只是演给别人看的。快进去，我会把洞口堵上。"

庞走进黑暗的通道里。身后，索姆吉把板条箱拉回原位。

"我们会给你弄吃的来，"索姆吉说，"但眼下最重要的是给你弄身衣服。我可不想再看到你的屁股缝了，好吗？"

庞跟着索姆吉走在黑暗的过道里。渐渐地，眼前出现了淡紫色光亮。

"我的朋友，"索姆吉拍了拍庞的肩膀说道，"欢迎来到泥屋，这是整座城市里最棒的烧毁版住房。"

第 21 章
藏身之地

庞和索姆吉站在一栋巨大建筑的中庭里。房子的木制墙壁和地板黑得发亮,像龟穴一样。头顶的魔法灯球不停晃动,发出紫罗兰色的光束。庞数了数,这栋楼一共有六层,从每一层都能看到最下面的中庭。

"有人告诉我这里曾是一座政府大楼,是前任府尹工作的地方,"索姆吉说,"你知道的,就是火灾之前的府尹。"

庞环顾四周,点了点头。这就能解释楼体的焦黑和奇怪布局了。每一层都分布着一些房间,它们之前一定是办公室,被巨焰烧掉了房门,如今看上去像是一连串方盒子。

与查塔纳的其他地方一样,泥屋里挤满了人。每层楼都有人靠在栏杆上和邻居聊天,或是在灯球间的连接绳上挂衣服,孩子们在楼梯上玩。一楼,人们坐在成排的长桌旁一起吃饭,或是捧着书本学习。

庞能闻到马克餐厅里传来的食物香气。他的肚子空荡荡,咕咕响。

"先穿衣服,"索姆吉好像看透了庞在想什么,"我的房间在这边。"

庞跟着他往三楼走去,穿过一群指着他屁股咯咯笑的孩子。索姆吉拉开一个小房间的门帘。

"欢迎来到我简陋的城堡!请随意。"

庞走进房间,这里比他在寺里时的小房间大不了多少。角落里有一张垫子和一个枕头,靠墙立着一个架子,上面放着一圈圈的铁丝、铁皮剪、钳子,还有分类装满各式金属零件的小玻璃瓶。

"来坐啊。"索姆吉往垫子那里比画了一下,然后背对着庞,开始在一堆衣服里翻找,"不行……也不行,太短……"他说着,举起一条裤子,"你怎么长这么高了?我们以前身材差不多啊!"

"我们身材从来都不一样,"庞说,"我一直比你高,比你壮。"

"嘴巴也比我大,是吧。"索姆吉说着,转过身咧嘴一笑，抖了抖皱巴巴的衣服递给庞，"给，应该能穿。裤子太短了，明天我们再去给你找些尺寸合适的。"

庞穿上衣服，又在已经干了的衬裤外套上一条松垮的裤子。上衣太短，露出肚脐，裤子将将到膝盖的位置，屁股处紧绷绷的。"我看起来怎么样？"他问。

"太好笑了。"

两个人大笑起来。那一刻，他们好像只是分开了四个小时，而不是四年。

索姆吉看着没什么变化，但又有些不同。相对于他的年龄来看，他依然过于瘦小，脸倒还是圆乎乎的，和庞记忆中没什么差别。但他的眼里确实有一些陌生的东西。索姆吉看着庞，眼里流露出一种与他乐天的笑容不相称的悲伤。

索姆吉用手捋了捋头发，庞注意到他手腕上的印记——一根穿过字母的亮蓝色线条和一颗小星星。这是一个人已经被正式释放的标志。

在寺里的时候，庞没有一天不在为他的朋友祈祷，他很想知道索姆吉的境况。庞离开后南原监狱发生了什么？索姆吉都经历了什么？两人打开大门，但只有他一个人获得自由的那一天，索姆吉心里是什么滋味？

如今，庞可以提出这些问题了，但他一句话也说不出来。他低头看着地面，内疚在胸口翻涌。他把索姆吉丢下了,这算什么朋友啊!

房间里有些憋闷,就好像许久没有人说话了那般,而索姆吉很少长时间不说话。

索姆吉拍了拍自己的肚子。"好了,我饿了。连我都饿了,你肯定更饿。我们下去吃饭吧。"

两个男孩下楼时,刚才坐在中庭里的人已经走了大半。索姆吉又去了马克的厨房,回来时带着鱼肉丸子汤、煎蛋和香葱饭。

庞囫囵吞下自己的食物,然后突然停下来,一只手捂住嘴。

"怎么了?"索姆吉问。

庞费力咽下嘴里的东西。"日出之前我不能吃东西。"他哑着嗓子说。

索姆吉看着庞光溜溜的脑袋,说道:"一个躲在寺里的危险罪犯,别告诉我这跟你有关系。"

"我可以解释……"庞将一切都告诉了索姆吉。

想到自己艰难的处境,庞有些透不过气。他想起已经离世的占方丈,还有他再也回不去的瓦辛寺。他还想到了诺克,她那双锐利的、警觉的眼睛,还有自己纵身一跃前她那充满恨意的眼神。

"唉,索姆吉,"他低声说,"我摊上大事儿了。"

索姆吉看着庞。他伸手拿起一罐辣椒粉,往自己碗里撒了一些,又给庞撒了一些。

"相信我,"他说,"你在这里很安全。这是这座城市里唯一一个……"他看向庞的左手腕,"无关紧要的地方。在这里,没人会告发你,外面的人也找不到你。"

索姆吉用筷子从汤里挑出一个肉丸夹给庞。"别想了,你还是好好吃饭吧。如果等到天亮再吃,这个丸子可就馊了。"

庞笑了笑,用筷子接过肉丸。他端起自己的汤碗,闭上眼睛,让热腾腾的蒸汽熏到脸上,终于感到一丝轻松。

你在这里很安全。没人能找到你。

第22章
不告而别

诺克关上小屋的门。她一手提着行李箱，一手拿着手杖。去学校的路有四公里远，得穿过村庄，走到山的另一边。那天妈妈离开后，她让维邦夫人回家了。那个可怜的女人还在为庞的事情伤心难过，除了哭，她什么也没做。这样一来，诺克就不必和谁告别了。

她刚踏上小路就看到一辆牛车慢慢转过弯来，一个瘦脸僧人坐在棕色的牛后面。诺克努力回忆他的名字，是扬师父吗？

诺克鞠了一躬，扬朝她微笑。他的脸色憔悴而疲惫。诺克心里漾起一阵悲伤，她想起占方丈在庞失踪的那晚去世了。她本想再见他一面的，但没机会了。她对扬师父说听到这个消息时她感到很难过。

"谢谢你，"扬师父说，"我要去山下的村子通知他们葬礼的事，再把那些不能远行的老人用车带回寺里。大家都很喜欢占方丈。"他笑了笑，神情悲伤，"你的父母呢？他们走了吗？"

"是的，我爸爸得赶回城里……工作。不然他们一定会去葬礼上表达敬意的。"

"我知道，这次拜访算不上顺利，可能不是你想象中的样子。"扬师父说，"希望你们一家还会再来，留下快乐的回忆。要我送你到码头吗？"

诺克眨了眨眼。"啊，送我一程吗？"

他看了看身后那辆布满灰尘的牛车。"恐怕和你常坐的那种马车差远了吧。"

诺克突然意识到，扬师父并不知道父母不允许她一同回查塔纳的事。事实上，除了校长之外，村子里没有人知道她得去学校。

诺克长这么大从来没说过谎。哦，也许小时候说过，比如不想按时睡觉，或是想再吃一份甜点之类的小事。但自从长大以后，她就没再撒过谎，尤其是关乎重要事情的时候。当然，她更是从来没有，甚至从没想过要对一位僧人撒谎。

她想起庞。他还活着，她知道，第六感告诉她他已经逃掉了。如果能证明这一点——也就是说如果能抓住他——就能够弥补让他逃掉的失败了。这将挽救她家的声誉，让父母相信他们不必以她为耻。诺克望着脚下的山路。如果她是一个想逃脱法律制裁的逃犯，她会去那里的——在整个查塔纳，只有一个地方能让一个人凭空消失。

"谢谢您，扬师父，"她说着，把手提箱拎到牛车后面，"谢谢您的帮助。我并不介意坐这辆车。"

"太好了，"扬师父说着，甩了甩手里的缰绳，"回查塔纳咯。"

第 23 章
住在泥屋

"最后一个来的要先打扫厕所。"老妇人一边说,一边把拖把和水桶递给庞。她咧嘴一笑,露出黄褐色的牙齿。

"他刚来你就让他打扫厕所啊?"索姆吉说着,用胳膊抱住老妇人的肩膀,"拜托了,米姆阿姨,能让这个可怜的孩子休息一下吗?我几天前刚把他从河里捞上来!"

"没关系,"庞向老妇人鞠了一躬,"我不介意。我以前也打扫过厕所,每个人都要出一份力。"

和刚到瓦辛寺时一样,庞已经融入了泥屋的日常生活。这么多人同处一个屋檐下,要做的工作有很多,庞一直忙着打扫卫生,或是去马克餐厅的厨房帮助准备食物。庞觉得马克好像从没睡过觉,他一直忙于经营餐厅,好让所有泥屋居民能吃饱饭。按理说这栋楼里不应该住人,所以,这间餐厅给了泥屋居民完美的掩护。

一些住在泥屋的大人在马克的餐厅工作,但大多数人也在城里有一两份兼职。他们一大早就离开家,很晚才回来,看上去疲惫不堪。孩子们和生病的人则留在泥屋里,也不闲着,努力让自己忙碌起来。这一带没有学校,因此,庞经常给泥屋的孩子们做家教。

无处可去的人太多了,他们至少还有一处容身之所。看着在楼梯间玩耍的孩子们,庞时常会想起塔纳布里村的学校,想到那些装在篮子里的婴儿,那些遗弃孩子的家庭,他们应该也一样无处可去吧。

庞知道,泥屋里的每一个人肯定都有一段糟糕的过往,但他从来没有过问,因为他也不想被别人问起这些问题。住了将近一个星期后,庞意识到其实没什么可担心的。没有人问过他从哪里来,也没人想查清楚他的过去。

"这是恩派定下的规矩,"索姆吉解释说,恩派是泥屋的领袖,索姆吉之前提到过她,但庞还没有见过她,"不能问问题。来到这里的每个人都会成为一张白纸,从头来过。"

"每个人?杀人犯也算吗?"

索姆吉翻了个白眼。"恩派不会让这种人进来的。她知道如何区分好人和坏人。"

"她还不认识我。"庞说。

索姆吉用手肘戳了戳庞的胳膊说:"她会喜欢你的,因为你是我的朋友,她很喜欢我。"索姆吉压低声音,"而且我告诉过你,她会让你上船的。她一回来我就会问她这件事。我向你保证。"

来到这里的第二天,庞一边吃着荔枝,一边对索姆吉详述了自己全部的经历,关于塔纳布里村、占方丈、诺克以及跳崖的事。不愧是索姆吉,庞刚讲完,他就往嘴里塞了颗荔枝,然后说:"伙计,我们得把你弄上船。"

庞愿意等待,等到神秘的恩派回来。她是他南下的船票,他通向自由的船票。

那会儿庞正在厕所里拖地,索姆吉坐在一旁叽喳个不停。

"哦,为什么呢?"这是个炎热的下午,庞靠在拖把杆上,擦了擦额头上的汗水问道,"为什么这里的每个人都在工作,只有你没有?"

索姆吉笑了笑,挑起眉毛说:"哦,其实我有工作。"

"整天唠叨可算不上什么工作。"

索姆吉从他坐着的桌子边缘跳下来。"朋友,我让这个地方嗡嗡作响。"他指了指头顶,阳台的栏杆上,紫色灯光正摇曳闪烁着。

"什么意思?"庞问。

索姆吉眨了下眼。庞知道,索姆吉一直等着他问起这件事。"跟我来,这位先生。我带您看看。"

庞放下拖把,跟着索姆吉走上楼梯来到顶层。索姆吉拉开一扇纸板门,眼前是另一段狭窄的台阶,里面尘土飞扬。两人爬了上去,索姆吉休息了很久,等气息终于平复下来后,推开一扇坑坑洼洼的金属小窗,顿时有阳光倾泻进来,洒在楼梯上。索姆吉把头伸出去,不一会儿又缩回来,回头看了看庞。

"没问题,"他说,"你可以上来了。"

庞跟着索姆吉爬上屋顶,阳光有些刺目,庞眨了眨眼。一群鸽子被吓了一跳,飞起来在他们头顶转了个大圈,又落在原来的地方。

庞慢慢走过沥青刷过的屋顶。"哇,这也太不可思议了。"

从他们站着的地方可以望到东岸的大部分地区,那是一大片深浅不一的锈棕色、银色和黑色的金属板屋顶。灰绿色的河流挨着建筑物边缘由北向南蜿蜒而去,船只来来往往,在不起眼的河道间穿梭。

"好了,别观光了伙计。"索姆吉说着,拉起庞的袖子,"这上面很安全,但我们还是等到你的头发长一些再来吧,免得被发现。来,我带你看看我的工作间。"

闪闪发光的心愿

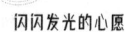

"你的工作间？在这上面？"

"别大惊小怪。没你想的那么好，更像是一个狭小的壁橱吧。"

索姆吉把庞带到屋顶远处一个看起来像花棚的狭小空间，打开了门。这里确实更像是一间小壁橱。棚子里的架子一直排到天花板，上面堆满了螺母、螺栓、金属线、工具、装满玻璃碎片和金属碎片的罐子，一张简易的木板桌上也堆满了类似的杂物。

"这里有些热，"索姆吉说着，伸手打开一扇窗户，"这样好点。我一般会在清早来这儿。到了中午这里会比煮饭锅里还热，几乎没法呼吸。"

庞俯下身看着桌面，试图搞清楚上面都是些什么东西。他想起很久以前在南原监狱的日子，当时索姆吉会收藏他们从监狱大门外的河里捞上来的所有小玩意儿。他总是瞪大眼睛寻找废旧金属，比如钉子、螺丝。只是那时，他们没有趁手的工具，没法好好利用那些藏品。但现在，他的朋友似乎拥有了足够的物资，几乎能开一个五金店了。

庞拿起一串小小的魔法球，就是楼内房椽上挂的那种。每个玻璃球都被包在锡纸做成的圆锥形容器里。"你说你让泥屋嗡嗡作响，"庞说，"是说你给所有魔法球都充了能量？"

索姆吉坐在角落里的一张凳子上，同情地摇了摇头。

"你是真的不知道魔法球的工作原理,对吗?"

庞耸了耸肩。"我告诉你了,塔纳布里没有这种东西。"

索姆吉深吸一口气,双手放到膝盖上正色道:"好吧,我试着解释一下。查塔纳所有的光都是府尹给的,所有的。这你知道吧?"

当然知道,每个人都知道,庞也曾亲眼见过府尹的魔法。但当他停下来,将思绪置于这座城市的万家灯火时,这样的说法还是令人难以置信。所有这些光亮,居然都是由一个人创造的。

"府尹把他的光放入魔法球中,而这些球来自海边的玻璃吹制工厂,由货船运来这里。如果一个魔法球变暗了,只有府尹的魔法能让它重新点亮。"索姆吉说,"但府尹不会浪费时间给这些球挨个儿重新点亮,而是给能量站补充能量。他每年都会这么做几次。现在城市规模越来越大,发展得越来越快,补充次数也越来越多了。你见过吧?那些顶部闪着金光的巨塔。"

庞点了点头。"我搭货船过来的时候,就路过了一座能量塔。"

"对,就是那个。所以,有些商人会从那些塔里获得光,如果你想要光,就必须向他们买。你得去光明市场。"

"光明市场?"

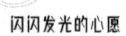

索姆吉张开双手比画着。"那里很了不起，到处都是魔法球——各种颜色，各种尺寸，数都数不清。还有美食和音乐，还有最棒的……"他仰头望着天花板，脸上的表情像在做一个美梦似的，仿佛刚刚往嘴里送了一勺甜品，"一楼是一个巨大的开放式空间，里面全是魔法球发动机！你能看到的地方全都是。那是整座城市里我最喜欢的地方。"

庞笑了。他这位朋友超喜欢水果，但他更爱的东西是发动机。

"总之，关于我的工作可以这么说，"索姆吉继续说，"魔法球越亮就越贵。泥屋只买得起紫罗兰色的灯球，可它们太暗了，如果我不做点加工，这种灯球几乎没用。"索姆吉指了指围在光球外面的锥形锡箔套。"这些东西能反射光线。我还会给厨房里的绯红色灯球做同样的加工，这样能多换些汤来喝。"

"绯红色的比紫罗兰色的更亮，是吗？"

索姆吉深吸一口气，然后非常耐心地、像对小孩儿说话那样给庞解释魔法球的等级。"紫罗兰色灯球是最弱的，也就是我们在泥屋里用的这种。蓝色的比它亮一点。绯红色的——是的，其实就是红色——光线不错，而且能发热，很适合烹饪。琥珀色的更亮，高级一些的商店会用它来照明，为小型机器提供动力也足够了。但大型发动机，比如船上的发动机,你就必须使用玉石色灯球了,它的光最强,也最贵。"

"除了金色。"

索姆吉点了点头。"金色魔法球能发出最明亮的光,但不发热,拿在手里也不会被烫到。它们的功能十分强大,能为所有发动机提供动力,但这么使用太浪费了。它们是最好的魔法球,但价格也高得惊人。如果把泥屋里所有的钱凑起来,再加上马克收银机里的钱,没准儿能买得起一颗。"

庞想起很久以前,他的掌心里也曾握着一颗迷人的金色魔法球。"所以河这岸没人有金色魔法球,对吗?"

"买得起金色魔法球的人是不会住这边的,"索姆吉说,"但也不能说没有人拥有。我……我有。"

庞盯着他的朋友。"你?"

索姆吉情不自禁地咧嘴笑了。他从工作台上拿起一颗小小的玻璃球,说:"给你看看。"

第 24 章
金色的光

阳光透过棚顶上的一个缺口射进来。这会儿棚子里热得像蒸笼，汗水顺着庞的鼻翼滑落。索姆吉拿起一个黑色的小金属盒，把它放在阳光下。

"这是最难理解的部分，"索姆吉说，"我叫它'捕捉器'。你把它放在阳光下，就像这样。这个捕捉器已经在外面放了一上午，应该已经吸收了不少能量。"

"能量？"

索姆吉大笑。"就是阳光啦。"他指了指连接在黑盒子上的两根细铜线，"捕捉器能捕获阳光，阳光再通过铜线流向这里。"他指向一个厚玻璃罐，里面装满浑浊的液体，中间插着一根金属轴,"这玩意儿确实有点复杂,我没法……嘿,别碰!"索姆吉拍掉庞的手,"它会造成严重的烧伤,小心点好吗?总之,我没法讲透它的工作原理,但大概来说就是,阳光能量会存在那里,如果这么连上的话……"

索姆吉又拿来两根铜线,末端连着小金属夹,看上去像是小小的鸟嘴。他轻轻拿起一个夹子,将它夹在一颗灯球顶端开关处的金属片上,说:"你准备好了吗?"

庞点了点头,向后退了些,烧伤的警告还是吓到了他。索姆吉又将第二个夹子夹在金属片上,瞬间,灯球发出温暖的金色光芒。

庞张大嘴巴,低声赞叹道:"哇。"

"很棒吧?"索姆吉说,"接着看,这才是最精彩的。"他取下光球上的金属夹,把光球放在掌心,它仍在发光。索姆吉把光球递给了庞。

庞小心翼翼地捧着光球,把它拿近了一些。光线很亮,但玻璃球却很凉。他想起那一天在南原监狱的院子里,府尹站在他面前,递给他一个类似的金色魔法球。这两次的感觉不太一样。府尹制造光芒的时候,空气中充斥着压力,他的魔法球带着一种焦虑,让庞感到紧张。但现在手里的这颗完全不同。它不会嗡嗡作响,尽管光芒同样耀眼,但给人的感觉更自然。

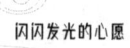

庞又靠近了一些,光球闪了一下,然后就熄灭了。

索姆吉从庞手里拿回已经暗下来的玻璃球。"它还没吸饱能量。如果整个下午都连着玻璃能量罐,它能持续亮好几天。如果不用的时候把它关掉,时间还会更长。"

庞摆了摆头,赞叹道:"这太神奇了。你居然能制造出金色的光?最强的那种光,是吗?"

索姆吉笑了起来。"太阳很亮啊,伙计!它能照亮整个天空,点亮一个小玻璃球不算什么。"

庞看着他的朋友,惊叹于索姆吉的人生发生的巨大变化。他曾是南原监狱里最受欺负的孩子,因为矮小又羸弱,总有人残忍地对他。但在这里他很受欢迎,甚至可以说他很重要。看到朋友的境遇变得这么好,庞感到欣慰、自豪,还有一丝羡慕。

"你可以制造光,"庞微笑着说,"像府尹那样。"

"不是制造光,我只是捕捉了光。至于府尹,那是魔法,纯粹的魔法。"

"你做这个多久了?"庞问。

"其实就在你回来之前,我刚研究出来,"索姆吉说着,小心翼翼地把捕捉器和玻璃能量罐收好,"我还没给任何人看过,连恩派也没有。"

"所以,现在你可以为泥屋里所有的灯球注入金色的光了,"庞说,"让这里跟西岸一样。"

"总有一天会吧,也许。"索姆吉叹了口气说,"但我得等到泥屋里所有灯球的能量都耗尽,这可能需要一个月,在此之前不能为它们注入新的太阳能量。我试过,效果不太好。"他对着角落里一堆玻璃碎片扬了扬头,"另外,我还得收集更多的金属丝和金属片,但这不是件容易的事儿。"

索姆吉露出羞涩的神情,庞觉得有些可疑。"那些铜线不是你偷的吧?"

"当然不是!"索姆吉摊开双手说,"你可千万别开这种玩笑。恩派不容许偷窃行为。不过……"索姆吉挠了挠后脑勺,压低声音说道,"我弄来这些东西的方法也不太高明。我是从光明市场的一个朋友那儿弄来的。实际上……"索姆吉敲了敲下巴,向庞凑了过去,"我今晚得去一趟。你想去吗?"

"离开泥屋?不,我不能。"

"求你了。"索姆吉说,"我真的很想带你看看市场。而且我们可以给你变装,绝对不会有人认出你。"

庞摇了摇头,摸摸自己的编织手环。"不,变装也没用,那里肯定有警察。"

"没那么多。而且他们要找的是一个僧人,你忘了吗?我们好好伪装一下。而且光明市场的人很多,没人会注意一

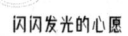

个孩子的。实际上这是你能去的最安全的地方。"

庞抬手搓了搓自己毛茸茸的头皮。在泥屋的这几天整日都要面对着大楼黑乎乎的墙面，闷得他有些受不了。如果能出去看一看别的还是很不错的，更何况索姆吉把光明市场描述得像天堂一样。

"我想，如果我戴一顶帽子，或用什么东西包上……"

索姆吉咧嘴笑了。"哦，那是当然。我肯定能给你弄顶帽子来。"

庞眯起眼睛看着他的朋友，问道："你这表情是什么意思？"

"没什么啊，"索姆吉说，"相信我。我要让你见识一下一流的伪装术。"

第 25 章
光明市场

"一流的伪装术？就这？"庞拽了拽脖子上的方巾。

索姆吉挥开他的手。"对，别乱动。我又得重新给你打结了。少年巡逻队的人可是以打结技巧为荣的。"

庞穿了一件绿鼻涕色的衬衫和配套短裤，衬衫袖子和前面口袋上都有五颜六色的刺绣徽章。这是少年巡逻队的制服。少年巡逻队是一个男孩俱乐部。他们行善事、唱着歌列队游行——这是庞想象中的样子。他这样的男孩肯定不会被邀请加入。少年巡逻队的很多成员长大后都会进警察学校。

"我只是觉得，这个主意非常愚蠢。"庞抱怨道，"如果有人问我问题怎么办？"

闪闪发光的心愿

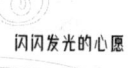

"谁会向一个衬衫上缝着那么多徽章的男孩问问题？另外，帽子伪装术我只能做到这种程度了。"索姆吉把一顶软帽啪地拍在庞头上，"挺直腰板儿，尽量让自己看起来像个正经的大好人就行了。好了，上船！"

庞翻了个白眼，爬上恩派拴在泥屋后运河里的一条浅底船。

"这次如果我掉进河里，可别把我按进水里，最后才救上来。"庞紧紧抓着船体两侧。

索姆吉咧嘴一笑。"我可不保证。"

两人各自拿着一支桨划开去，小船进入一条熙熙攘攘的主河道中。其他卖蔬菜、凉鞋、炒饭和气泡饮料的船从他们身边经过。索姆吉在迷宫般的船队中穿行，转过一条又一条运河。所有水道都没有设立标志，庞对他朋友辨别方向的能力感到十分惊讶。最后，他们转过一个弯，庞的耳朵里因为气压变化鼓胀起来，一座掩在彩虹间的巨型多层建筑映入眼帘。

虽然路上没有任何标志，但他们的目的地十分明确。在这座灯火通明的城市里，光明市场仿佛一顶镶着宝石的皇冠。市场院子里的榕树上挂着各种尺寸和颜色的灯球。小贩骑着脚踏式三轮车卖刨冰，灯球照得刨冰像宝石一样闪亮。情侣们正在木质平台上跳舞，一个四人乐队正在为他们演奏节奏欢快的乐曲。大楼被音乐声、欢笑声和灯球的嗡嗡声环绕，震得庞的太阳穴突突跳动。

这里太美了，美得令他心痛。当他和索姆吉还小的时候，两人躺在南原监狱院子里的水泥地上凝视河对岸，这样的场景曾是他们的梦想——在万家灯火的照耀下自由行走。而现在，他们做到了。

索姆吉系好船，捎了捎庞的胳膊肘。"打起精神来，不要表现得那么古怪。"他低声说，"来吧，我们得从顶层开始。"

两个人站进队伍里，和其他顾客一起等升降梯。升降梯将载着他们穿过榕树明亮的枝叶，到达大楼顶部的入口处。升降梯启动时，庞的胃微微瑟缩了几下。

升降梯的门唰地打开，人群涌向五楼的露天平台。入口处有三个警察正在观察人群，还会检查闲逛的人随身带的包。庞见状，胃里一阵翻江倒海。

他本能地把右手盖在左手腕上。

索姆吉拍了拍庞的手。"没事的，"他低声说，"尽管微笑着走过去，像个堂堂正正的年轻人那样。"

好的。庞吸了一口气，挺起胸膛。经过警察身边时，其中一个警察跟庞对视了一眼。庞愣住了。结果对方低头瞥了一眼他的制服，对他眨了眨眼。

庞试着眨眼回应，但他的动作更像是不安的抽搐。

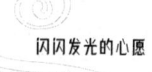

"我就说嘛,这是一流的伪装术。"索姆吉低声说着,把庞拉到里面,"现在,打起精神吧。你终于能长长见识了。"

在这栋巨大建筑里闲逛的过程中,索姆吉一刻不停地为庞进行现场解说。

光明市场售卖所有颜色的魔法球——除了金色的。金色的只在西岸售卖。市场的顶层是东岸为数不多的使用玉石色灯球照明的地方之一。强大的玉石色魔法球通常用在发动机和大型机器上,但在这里,小型的玉石色灯球在高级商店和咖啡馆的窗户上闪烁。庞和索姆吉路过看上去很昂贵的餐馆,里面的食客正在翡翠色的灯光下小口喝着饮料。

令人愉悦的商店里挤满了愉悦的客人,他们看了一路,接着沿楼梯来到下面一层。这一层沐浴在绯红色和琥珀色的灯光里,就好像走进了一颗橘子内部。过道中央的演奏台上,一位歌手深情吟唱着:"牵起我的手,哦,亲爱的,牵起我的手,与我共舞……"

这一层有许多商店,售卖各种各样的红色和橙色灯球。还有商贩们叫卖着石榴籽儿大小的琥珀色灯球串,旁边就是巨大的红宝石色灯球,大到可以给一支军队煮汤。离近了实在太热,庞被那身粗糙的制服捂出一层汗。

两人又下了一层,这层的过道是安静的蓝色,像被水洗过一般。这里没有响亮的音乐,庞得以更清楚地听到灯球的嗡嗡声。他这才发现每种颜色灯球的嗡嗡声音调都略有不同。玉石色较为低沉，像狗狗的鼾声。绯红色和琥珀色的音调要高一些。蓝色的音调更高，是一种不规则的嗞——嗞——的声音。

他们继续走着，经过一个又一个灯球商店。庞注意到，随着灯球价格的变化，顾客群体也产生了变化。在楼上，店主为了经营自己的生意买下绯红色灯球。孩子们穿着熨烫好的校服，身边有干净整洁的保姆们陪伴，为他们买下由琥珀色魔法球驱动的玩具。而蓝色灯球这一层挤满了刚下班的白领，他们穿着浆洗过的衬衫，袖子卷到肘部。

当他们下到紫罗兰色大厅时，看到的只有没条件去楼上购物的工人们。紫罗兰色的灯球也有其迷人之处，但就是太暗了。如果是一堆灯球倒还好，足以很好地照亮，但单独一个紫罗兰灯球所发出的光太暗，几乎看不清任何东西，更别说做饭或看书了。

在南原的时候，每当幻想着在城市灯光下行走的场景，庞都想当然地觉得那些光亮公平地属于每一个人。然而，监狱外的生活并不比监狱里的公平。最好的光，只属于那些买得起它的人。

"在这儿等一下，"索姆吉说，"我去看看那家店的价格，马上就回来。"

庞在摊位外等着,瞧着一张桌子,上面堆满各种尺寸的紫罗兰色灯球。

"有你喜欢的吗,亲爱的?"站在桌子后面的女人说道,"我这里的东西很划算。"她举起一托盘的紫罗兰色灯球,"买一送一。"

庞低头看着托盘听她说。真是奇怪,所有灯球都是一样的颜色,但它们的嗡嗡声并不都是一样的。一个鸡蛋大小的灯球音调比其他的高得多。突然,它微弱地闪了一下。

"买一颗吧,"女售货员不耐烦地说,"这种优惠不是全天都有的。你想要哪个,我可以按半价卖给你。"

庞没理她,他被那颗灯球刺耳的声响迷住了。它嗡嗡的音调越来越高。庞向后退了退,担心它可能会爆掉。可它只是闪了一下,随即暗了下去。

"哦,哈哈——呃,怎么会这样?"女售货员说着,把不亮的灯球麻利收走,"肯定是残次品吧,或者别的什么原因。"

这时索姆吉走了出来,把庞从桌子边拉走。"千万别买打折的灯球,"他说,"这些骗子想把已经快不亮的旧灯球卖掉。你永远不知道它们能亮上一个星期还是一个小时。"

"灯球不亮之后要怎么处理?"庞问。

"得送到回收站,按旧玻璃的价格卖掉。虽然不多,但总归能卖点钱。"

最后，他们来到光明市场最下面那层。这里没有音乐家或装饰品，地上铺着灰色的砖。这是个巨大的空间，闻起来像是在金属罐子内部。

索姆吉高兴地搓了搓手。"这里分成两大部分，"他伸手指给庞看，"这边是发动机，那边是为发动机提供动力的玉石色魔法球。这里才是最棒的地方，对吧？"

庞跟在索姆吉身后，走在将大厅一分为二的过道上，明亮的绿色强光令他眯起眼睛。在这里，玉石色魔法球夹杂在金属和机油间，看上去少了些奢华绚丽，但比楼上的那些更具力量感。两个男孩一路走到头，那是出售和维修水上快艇小型发动机的地方。

索姆吉停下来，用胳膊肘推了推庞让他也停下来。"这就是我弄物资的地方。你别出声好吗？"

索姆吉走近时，正在维修柜台后面工作的工人们大声跟他打招呼。

索姆吉举起一只手示意。"嘿，伙计们！"

柜台后面一个留着鲻鱼头发型的人和他握了握手。"你去哪儿了小伙子？好几个星期没见到你了！"

"不好意思。我离开了一阵儿，有些忙。"

鲻鱼头倾身靠在柜台上说："嘿，我和老板谈过了，关于工作的事。"

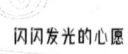

索姆吉挺直身体。"哦,是吗?他怎么说的?"

鲻鱼头摇了摇头。"对不起,伙计。他说我们不能雇用有前科的人,冒这个险不值得。"

索姆吉脸色变了变,但依然保持着笑容。"有前科?但我从南原监狱出来后就已经是清白的了。你告诉他了对吧?"索姆吉伸出手腕,指着那处被画掉的印记,"如果有用的话,我愿意亲自给他看。"

"没用的,"鲻鱼头说,"对坐过牢的人,他一向很有原则。他不会破例的。真的很抱歉。"

索姆吉的脊背微微弯下去,但还是给了对方一个轻松随和的微笑:"没关系,伙计,我理解。反正我已经忙得不可开交了,你知道的。"

那家伙用手指捋了捋后面的长发。"你也知道的,如果我能做决定,肯定立刻雇用你。你是发动机维修高手,这毫无疑问。事实上,昨晚有人送来一台九型发动机要维修,我们都不知道该怎么处理。"

"如果需要的话,我可以帮忙看看。"索姆吉说。

"真的吗?"那人雀跃地问道,"如果你能修好它,我可以给你一些锡片和一捆铜线。"

"就这么定了,"索姆吉说,"给我看看吧。"

鲻鱼头抬起柜台挡板让索姆吉进到店里。庞看着这一切,感到很生气。他的朋友无法选择自己的出身,而出身和维修发动机又有什么关系呢?

索姆吉蹲在那台损坏的九型发动机前,铺子里的工人站在后面挠着头。有几个人身体前倾,想看看索姆吉是怎么修的,但他黢黑的手指动作太快,没人跟得上。没过几分钟他就站起身来,拍了拍发动机的金属外壳。启动了!发动机砰砰响了两声,然后是稳定持续的嗡嗡声。

站在一旁的人相互拍打着肩膀,欢呼起来。

"我说得没错吧?"鲻鱼头对其他人喊道,"索姆吉又成功了!"

他递给索姆吉一摞锡片和一捆短铜线。"你随时都可以过来,能帮上忙的话,这些小零件管够!"

索姆吉鞠躬致谢,接过物资,随后对庞挑了挑眉毛,示意庞跟他一起出去。

他们按原路折返,一层一层地爬到顶楼,从进来的地方走了出去。即使是顶层漂亮的玉石色灯球,第二次看的时候也并不那么壮丽。庞已经不想再看这些光、听这些噪声了。升降梯嗖地带着他们往下降,穿过榕树枝叶重新回到院子里,这个过程中索姆吉一直很安静——这是个提示,说明他有心事。

"你提供了帮助,他们应该付你钱,"庞试着推测朋友的想法,"而不是用那些金属线和金属片打发你。"

索姆吉耸了耸肩,用手腕上的印记蹭着衬衫下摆。"你刚才都听到了,他们不会雇用我的。不管怎么说,用金属线作为报酬也没那么糟,我制作太阳光球需要这些。"

"好吧,如果这样能舒服些,那你尽管这么想。我觉得你一个能顶他们十个。"

索姆吉翻了个白眼。"听着,少年巡逻员,如果你接下来还打算这么说话,今晚就别想拿到赞美勋章了。"

庞故意扮出吃惊的神情,模仿着上流社会的人惯用的口吻说道:"请您原谅。不过,每天送出至少三句赞美是我们少年巡逻队的信条。"

索姆吉大笑起来。两人在大楼外面的院子里买了一个蛋筒冰激凌分着吃掉了。这是一次成功的出行,他们眼花缭乱、头晕目眩,他们胡乱编造了少年巡逻队队歌,一路唱手还一边比画,最终回到了船上。

直至划船回到泥屋后方的运河时,那股熟悉的不安才又爬回庞的脊背上。他朝身后看了看。

"怎么了?"索姆吉问,"还在担心警察吗?他们甚至没有多看你第二眼。"

庞摇了摇头。他觉得光明市场里确实没有人怀疑过他,但多年来,他一直生活在被抓捕的恐惧中,每每被人注视,他都会格外敏感。周围的空气似乎紧张了一些,庞肩胛处的皮肤有些痒。

"我只是有种奇怪的感觉,好像有人在跟踪我们。"他说。

"那就快进去吧。"

他们把船拴在马克餐厅后面,向泥屋的后门走去。

打开门的那一刻,庞的左肩后方袭来一股凉意。他把索姆吉推进泥屋里,正要大喊,却发现自己一点声音也发不出——一只手紧紧捂住了他的嘴,把他拖入阴影。

第 26 章
奇怪的人

诺克喜欢格斗训练馆里的气味，有柠檬花的香气，擦洗过的地板的清新气息，还有刻苦训练的汗水味。在刚才的训练过程中她十分投入，握着手杖的手掌已经磨出了水泡。

诺克走出训练室，穿过大厅往自己的房间走，边走边吹疼痛的掌心。

"嘿，你今晚打得不错。"身后传来一个声音。是迪，她人很好，比诺克大一岁，但训练段位比诺克低两段。

"如果你能继续保持，明年肯定能再次击败公牛。"

"谢谢。"

"嘿，这里只有我们两个，你可以跟我说说，"迪靠近了一些,"你这么优秀,有什么秘诀?"

"秘诀?"

"啊,好啦。你比我们的一些老师还棒!你肯定知道一些我们不知道的东西。"

诺克眨了眨眼,不知该怎么回答。很长时间以来她都独来独往,已经不太会和同龄人交流了。其实以前她朋友就不多,大部分孩子要么嫉妒她,要么很讨厌她的完美主义。

诺克抱着双臂,耸了耸肩说:"如果你能坚持训练,你也可以的,我敢肯定。"

"行吧,行吧。就这样吧。"迪说着,调皮地伸了伸舌头,"想和我一起过桥回家吗?"迪一家也住在西岸,但谢天谢地,他们和诺克的父母基本没有交集。

诺克心里有一个声音想说"好"。她想象着和迪一起闲逛着走回家的情景,也许还能在沿途的冰激凌车前驻足一会儿,两人有说有笑,聊着留宿聚会之类的事情。

可这样的想象转瞬即逝。诺克摇了摇头。"不行,对不起,"她说,"我这个星期都得在训练馆留宿。我家的房子正在粉刷,我妈说我可以趁这个机会多训练一下。"

"天哪,怪不得你把我们打得落花流水,"迪笑着说,"如果我也住在训练馆里,没准儿会和你一样优秀。"

诺克绞着罩衫下摆,目送迪离开。想象中的两个人未来的友谊似乎也被她带走了。诺克呼出一口气，肩膀颤了颤。她没有时间去考虑冰激凌和朋友这样的无聊事，她得出发了。

诺克确实睡在训练馆里。根据她的推算，如果庞还活着，她还有一星期多一点的时间追踪他的下落。父母会在即将到来的假期去塔纳布里探望她，所以她得在此之前赶回去。另外，她虽然有些钱，但并不够支付一星期的旅馆费用。这座训练馆在东岸，位于连接西岸的桥边，在过去这儿是很好的地段。训练馆楼上有简单的卧房，比赛期间从其他城镇来的学生可以住在那里。

住在训练馆的唯一缺点是，她每天至少要花一半时间来训练。她想让人觉得自己是为了训练才留下来，而不仅仅是在追捕逃跑的僧人时有个地方可以睡觉。

回到房间，诺克换下汗湿的训练服，又换上一套新的。她拿出笔记本，将前天买回来的东岸地图铺开。

在查塔纳寻找庞的难度很大，她早就忧心过这件事。可直至回到这座城市她才意识到自己面临着多么巨大的挑战——查塔纳就像一堆沙砾，如果你踩在上面，它会移动、变化、上下颠倒。

她已经找了几天，均无功而返，可她不会放弃。还不是放弃的时候。她会坚持自己的计划，有条不紊地搜寻，找遍城市里的每一个街区，每一条街道和运河。庞不可能永远不现身。他是个孤儿，也是个逃犯，谁会收留他并给他饭吃呢？他总得出来觅食，不然他会饿死。

诺克折起地图塞到床垫下。收好东西后她走出房间，关上了门。

诺克从安静的训练馆附近出发，沿着弯弯曲曲的道路进入繁华的市中心。成群结队的孩子们光着脚丫跑下舷梯，尖声喊叫着穿过人行道，一头扎进河里。这可是上学日的晚上！第二天哪里还有精神上课呢？诺克突然意识到，印象中她似乎没在东岸见过学校。这不太可能，这里一定有学校，不然孩子们要怎么学习读书或写字呢？

父母曾警告过她不要来这一带，这里是西岸的好姑娘们绝不敢涉足的地方。以往独自一人来的时候她感到兴奋，又有点害怕。但即使没有随从跟着，她也能照顾好自己。迪猜得没错——关于手杖格斗，她确实有一个秘诀。

诺克并非不想跟迪分享这个秘诀，好吧，她确实不太愿意分享。但主要是她不想谈论，她不知该如何解释，因为不管怎么解释，这件事听上去都很古怪。

一年前，诺克跟着爸爸一起出差，他们穿过查塔纳府北部边界来到兰纳布里。旅途漫长，爸爸要开很多无聊透顶的会议。不过，这次出差的最后一次会议在一座图书馆里举

闪闪发光的心愿

行。查塔纳的藏书早被巨焰吞噬殆尽,于是诺克如饥似渴地浏览着书名,想在离开兰纳布里之前尽可能多地阅读。她看的最后一本书讲的是手杖格斗的历史。

诺克从那本破烂不堪的书里了解到,手杖格斗是一项古老的技艺,可以追溯到尚是一座渔村时的查塔纳。最初,这是住在附近山顶的智者和妇女使用的一种自卫方法。"手杖"可能是指古代先贤们随身携带的竹手杖。

书里说,手杖格斗理论认为,每个人的内心深处都有一点火光,似一点烬余,又或是一小块发光的煤炭。如果得到适当的燃料,一点烬余也能燃起熊熊大火。同样地,人也可以燃起身体里那点火光,借此做出各种非凡的事情——比如把一个名叫公牛的大嘴巴打倒在地。

诺克的老师们从未在课堂上提过这些事。也许这项运动的个中内涵早已被人们遗忘。可诺克读到这些时,心里那点星火被点燃了。手杖格斗无关乎力量,也无关乎动作记得有多牢,关键在于找到自己内心隐藏的那点星火,让它绽放光芒。从那一刻起,诺克就比其他同龄人打得更好了。连老师都说,她将变得与早年间那些大师一样优秀。但诺克无法向任何人解释她读到的那些东西,包括她的老师。它们与火焰相关——光是想一想就觉得有悖法律了。

诺克摇了摇头,强迫自己专注于脚下的路线。刚才她有些心不在焉，被人群裹挟着往前走，不小心从主河道边拐进了一条狭窄的街道。商店之间悬挂着蓝色灯球，周围的空气氤氲出一个个朦胧光圈。

诺克试着原路返回，并尽量避免和周围的人有眼神接触。她拐进一条小巷，然后又拐进另一条，可街道不但没有变亮，反而越来越暗。蓝色灯光变成了紫罗兰色。太黑了，诺克绊了一下，一脚踩进一个不浅的水坑，里面满是脏水，至少她希望那是水。

她迷路了。紫色的阴影里人群来来往往，但诺克没敢问路。冷静，她告诉自己，继续走，最终你会找到出路的。

但就在这时，前方一座狭窄的木桥上，一颗光秃秃的脑袋映入眼帘。因迷路产生的焦虑即刻消失，诺克的心怦怦直跳。会是他吗？她使用虚无步法悄悄靠近，越来越近。她有些后悔没带手杖出来，但这点困难是不会阻止她行动的。如果有必要，她会徒手把他抓住。

那人背对诺克站着，靠在木桥的栏杆上。诺克静悄悄地穿过人群，冲上去双手抓住他。"以府尹的名义，你被逮捕了！"

"男孩"转过身来。

可那根本不是一个男孩，而是一个老人。因为饥饿，他形容消瘦，凹陷的双眼打量着诺克。"小姐，您能给我点什

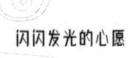

么吗?"他声音嘶哑地问,"能给点零钱吗?我一天没吃东西了……"

诺克松开手,猛地往后退,差点被一堆破毯子和一个枯瘦的身体绊倒——那是另一个人。"求您了,小姐。"是一个女人,她咳嗽着,朝诺克伸出一只手,怀里还抱着一个婴儿,"您能赏点钱吗?别的东西也行,什么都行。"

更多的手伸向诺克。她转过身,只见桥上挤满了人:老人、病人,衣衫褴褛的男人、女人,拄着拐杖的人。小孩子蜷在大人腿上,用黑亮的、疲倦的眼睛看着诺克。她的心被刺痛了。

"求求您了……"

"求求了,小姐……"

"能给点东西吗?什么都行……"

他们向她伸出手,像向过往船只求救的溺水者。诺克往后退,可又有更多人聚在她身后挡住去路。她想说些什么,但一句话也说不出来。诺克挣脱他们,跑开了。

她跑啊跑,根本不在乎自己走的是哪条路。她只想逃开。她穿过一条巷子,一条又一条,最后跑进一个死胡同,一座巨大的建筑挡住去路。大楼的上半部分已经被烧成黑色,一楼敞开的大门里飘出鱼香味的蒸汽。

诺克跑进大楼的阴影里,靠着焦黑的墙壁瘫坐下来。她把头埋在膝盖间，用衣袖遮住脸。那些声音在脑海中回荡，她抹不掉。"求求了。求您了，小姐。"诺克的口袋里叮叮当当的，那是她准备给自己买晚餐的钱。她本可以把钱给他们的。她想象自己折返回去把口袋里的钱翻出来给他们，尽管她知道那些钱根本不够分。

她紧紧合上双眼，摇了摇头。世界上当然会有苦难，每个人都明白这个道理，但诺克从来没有如此近距离地见到过苦难。这件事压得她透不过气，而她本是一个很少因某些事绝望泄气的女孩。

光只会照耀有价值的人。

通常来说，府尹的话在脑海里回响时都会带给她力量。但就今晚看到的伤心事来说，这句话毫无用处。这些词语属于温暖明亮的教室，可是在东岸，它们就像妈妈的那些时髦衣服一般，一点用都没有。

诺克本来可能会在那里坐一整晚，因为她无法整理思绪，也找不到回去的路，直到她的沉思被三个似乎正朝她走来的人打破。她紧靠墙面，想和阴影融为一体。最后一刻，那几个人猛地转过身去，绕到大楼后面去了，诺克看着他们离开。

真是奇怪的一伙人：一个肩膀宽厚、脖子像牛一样粗的男人，一个鼻子受了伤、走路大摇大摆的小个子男人，还有一个穿着男式夹克的女人,她把一块橘子皮随手丢到身后,橘子皮在地上滚了几圈,停在诺克脚边。

那伙人走远后,诺克伸手捡起橘子皮,鼻子凑上前,吸气去闻。

那气味清爽明亮,像阳光和清水,还有一些诺克无法言说的东西。她紧紧攥住果皮,一遍又一遍地闻。

第27章
一个计划

结实有力的手臂环住庞的肩膀，把他拖进泥屋后门。庞试着挣脱，却仍被身后的大个子紧紧钳住。

"索姆吉！"庞喊道，寻找身处黑暗走廊里的朋友。

"闭嘴！"大个子抓住他的胳膊。

"放开他，艾！"索姆吉说，"他是我朋友。"

混乱中，庞扭转身体，试图找回重心。

歪鼻子的矮个儿男人嗤笑着对索姆吉说："你什么时候开始跟少年巡逻队的人交朋友了？"

索姆吉瞪了他一眼。"你什么时候开始关心我跟谁做朋友了，耀？"

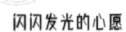

"别吵了。"一个女人厉声说道。庞听到灯球开启的声响，接着是那独特的嗡嗡声。紫罗兰色的光亮从一个提灯里漏出来，照亮一张又长又窄的脸和一对生动的眼睛。说话的女人身穿一件男式夹克，领子翘了起来，额上厚重的刘海盖过眉毛，底下那双眼睛打量着庞。"索姆吉，你的朋友看上去好像要吐了。"

令庞出乎意料的是，索姆吉冲向那个女人，伸手抱住了她。

"恩派！你终于回来了！你这次走了这么久，我还以为你再也不回来了！"

"嘿，不跟我抱一抱吗？"鼻子受伤的矮个儿家伙问道，他的大个儿朋友则轻蔑地哼了一声。

"我想跟你谈谈，"索姆吉对恩派说，他瞪了另外两个人一眼，"单独谈。"

"你得等一下，"恩派说，目光依然没有从庞的身上移开，"我们得先派发物资和钱。"

恩派让大个子男人艾回巷子里取他们的背包。几个人一走进泥屋的大厅，恩派就被人群围住了。背包里装着食物和药品，艾和耀将它们分发给人们。但大家之所以这么兴奋，主要还是因为恩派回来了。

人群围着她转，一遍又一遍地感谢她提供的物资。她能叫上每个人的名字，询问他们家里的情况。她让庞想起了占方丈。她耐心地和每一个人交谈，甚至包括孩子们。过了一会儿，她对艾使了个眼色，朝他微微点了点头。

"好啦，好啦，"艾大声说着，挡在恩派身前，"你们说要做一顿大餐是吗？那就快去做饭吧。恩派离开了这么久，有很多事情要做。"

恩派悄悄离开，走上楼梯，示意索姆吉和庞跟上来，艾和耀也大踏着步跟来了。到了二楼，他们跟着恩派走进泥屋里为数不多的仍有完整墙面和一扇门的房间，艾走在最后，合上房门。

这个房间类似办公室，中间有一张大桌子，墙边的架子上堆满物资：卫生纸、绷带、虾酱、椰奶、绳子、滑轮，以及各种各样的其他物品。

恩派坐在桌子一角，一条腿盘在上面。"把那些医疗用品和其他的一起放在那里，"她对艾说，"然后你们两个就去楼下吧，看看食物分配得是否公平。留意那个新来的厨师，别让他克扣大家的食物。"

"好的，姨妈。"艾点了下头。

艾和耀准备出去时，恩派清了清嗓子问道："你们是不是忘了什么东西？"

耀转过身，露出牙齿，一脸讨好地笑着问："什么呀？"

闪闪发光的心愿

恩派伸出手,掌心向上。"你口袋里那捆钞票,留下来。"

艾紧张得双腿打战,耀却咧嘴笑得更欢了。"哦,这个啊。我是觉得,我和艾冒了这么大的风险才捞到这些东西,怎么也得留一点给自己。算作佣金呗?"

恩派怒视着两人。"这里的每个人都在冒险,"她厉声说,"不仅仅是你们。你们知道规矩,我们弄来钱可不是留给自己花的。"

耀褪去笑容,把手伸进衬衫口袋,拿出那捆钱交给恩派。他和艾走出去,随手关上了门,其间他一直保持着微笑。

索姆吉倚在恩派身旁的桌子边,抱着双臂站着。"这两个家伙,"他厌恶地说,"能把他们甩掉就好了。"

恩派耸了耸肩。"有时候他们还是很有用的。耀是有些油滑,但如果要和油滑的人打交道,他是派得上用场的。艾也一样,他高大强壮,尤其在我去的那些地方,他很有威慑力。"

恩派抬起手掌搓了搓脸和脖子两侧。因为个子小,留着少女发型,庞还以为她也是个十几岁的青少年。可这会儿她头顶上刚好挂着一颗紫罗兰灯球,庞看到了她的黑眼圈和眼角的皱纹。

恩派把手伸进外套口袋,掏出一个橘子。她一边剥橘子一边看着庞,眼神穿透睫毛前的刘海。"小弟,你还没把我介绍给你的朋友呢。"她对索姆吉说。

庞脸红了,他向恩派鞠了一躬说:"我叫庞。"

恩派点点头,往嘴里塞了一瓣橘子,又递给索姆吉一瓣。"庞。这是守护者的名字。你在这里保护我的小弟吗?"

庞看向索姆吉。每次恩派称他"小弟"时,他都会露出笑容。"到目前为止,是他一直在保护我。"庞回答。

索姆吉深吸一口气,犹豫再三,最后说道:"我们在南原监狱的时候就认识,但庞比我先离开,另外……"

"离开?"

索姆吉咽了下口水,对庞点了点头道:"去吧,给她看看。"

庞本能地将左手紧贴在身侧。

"没事的,"索姆吉说,"你可以信任她。"

很奇怪,庞确实信任她。他抬起左手臂,用手指将细绳手环轻轻勾起来。手环已经被磨损得很细了,有几根已经断裂。庞突然想起占方丈,感到一阵悲伤。他再也不会有新的手环了,再也不会听到智慧的良言了。他伸出手,向恩派走去。

她纤细的手指握住他的手。走近之后,庞闻到她身上的柑橘味和船用清漆的气味。恩派低头看他的手腕——相比那个印记,她好像对那些手环更感兴趣。"你从哪儿弄来的?"

庞抬手扯掉帽子,露出长着短短发茬儿的脑袋。恩派松开他的手,抱着双臂问道:"街上有传言说,警察正在找一个从塔纳布里逃来的僧人。别告诉我这件事跟你们有关。"

"说来话长。"索姆吉说。

恩派从桌子上下来,走到门前检查门是否关好。随后她转过身,皱起了眉。"你带了个逃犯回泥屋?"她严厉地说,"如果警察发现你把他藏在这儿,你知道大家会怎么样吗?"

"我能怎么办呢?"索姆吉说,"把他丢在大街上吗?他是我最好的朋友。如果是你,你也会这么做的。"

"如果会让泥屋里所有人陷入危险,我就不会这么做。所有人,索姆吉!想想那些孩子!他们能去哪里?如果我们被捕了,他们要怎么办?"

"我知道,但他真的没处去。我们在等你回来。我跟他说,你会把他弄到一艘去南方的船上。这是他唯一的机会。他一定得离开查塔纳。"

庞强压着内心涌起的罪恶感。"这不是索姆吉的错,是我的错。我没有给他别的选择。而且我们一直很小心,没有惹上麻烦。"

"哦?真的吗?所以你乔装成这副样子去城里了?这就是你们说的'小心'?"

"恩派,求求你了,"索姆吉说,"我知道这很冒险,但我们得出去拿这些东西。"他拿出一捆铜线和一摞锡片。"我还没告诉你呢,那个……我成功了。"

恩派的火气立刻消散。"太阳光球?"

索姆吉害羞地笑了笑,点头说道:"你刚离开的那几天做成的。"

"真的有用吗?你收集了太阳的光?"

"不仅如此,"索姆吉刻意停顿了一下,"而且是金色光。"

"哈,哈!"恩派很激动,抱起索姆吉原地转了一圈,"我就知道你能做到!而且下周日刚好能用上!"

"下周日?"

索姆吉看向恩派,无辜地举起双手。"我还没有告诉他这件事。你来说吧,他都把自己的秘密告诉你了。"

恩派点了点头。"嗯,这样也公平。"她又检查了一次办公室门,然后抱着胳膊靠在门上,"我们正在计划一次穿越巨人桥的游行,这就是我离开的原因。我一直在召集更多人加入。"她对索姆吉笑了笑,"我也确实召来人了,至少有一千人。而且我敢打赌,如果太阳光球的事成了,还能再来一千人。"

庞看着她问:"游行?列队表演那种吗?"

索姆吉窃笑道:"是抗议活动。"

"你们要抗议什么?"

"下下周一,府尹将签署一项新的法律,"恩派说,"将魔法球的价格提高百分之十，所有颜色的。"

庞想起他在光明市场看到的那些穷人，只是买紫罗兰色灯球他们都要苦恼一阵。如果价格再贵百分之十，他们就买不起了。

"但重点并不仅仅是提高魔法球的价格，"索姆吉补充道，"还有他提价的原因。府尹打算把这笔钱用在一个大型建筑项目上，一座青少年改造中心。"

"是一座监狱，"恩派说，"给孩子准备的。"

庞瑟缩了一下，好像胸膛被人打了一拳。一座"孩子的监狱"，仅仅是想到这几个词，他就觉得难受。

索姆吉悲伤地看着他。"南原监狱已经满了，"他解释道，"装不下那些囚犯的孩子了。还有成群的孩子在小巷里乱跑，他们没有家，也没有亲人照顾。他们很可能也会被送到改造中心里。府尹说这是为了保证他们的安全。"

庞低头盯着地面。深陷绝望的人应该得到我们的同情。占方丈收留孤儿，为他们祈祷，帮他们找到领养家庭。而在这里，府尹要像抓野狗一样抓捕他们，甚至还要关起来。

"这太残忍了，"恩派叹息着，在门前踱来踱去，"监狱？我们不需要再多一座监狱。我们需要学校，像样些的学校，还有医院，就像西岸那样。人们也不会容忍这种事情发生的。他们忍了这么久是因为他们害怕府尹，因为府尹掌控着警察部门,更因为人们担心府尹会夺走他们拥有的那少得可怜的东西,他们不想失去光。"她停了下来,转向索姆吉继续说道,"但现在没什么好怕的了!如果能带上我们自己的光球出现在那座桥上,就能向东西两岸的所有人证明,我们不需要府尹,也不需要他带来的一切。"

她的手伸进外套拿出一个小笔记本。"我已经为下周日的游行准备了近一千份请愿书。"她敲了敲笔记本封面,"我知道你不可能在这么短时间内做出这么多光球。不过,你能做出多少?一百个?还是两百个?"

索姆吉的笑脸僵住了。"按照当前的速度?五个吧?我不能给没耗尽能量的灯球补充光能,否则它们会碎。我只能用那些已经耗尽能量的。但要等泥屋里的所有灯球暗下来,时间就太久了,一天最多只会有一两颗。"

"得多弄些耗尽能量的灯球来。就没有别的办法了吗?"庞问,"用钱买呢?"

恩派考虑了一会儿,最后摇了摇头。"我们存下来的钱是用来买食物和药品的。此外,我不想让索姆吉的能力传出去。府尹的眼线遍布各处,如果他听说我们在寻找耗尽能量的灯球,可能会查到我们的目的,然后他绝对会找上门来让我们闭嘴。这件事得保密,直到最后一刻。"

"从回收站弄一些回来呢?"索姆吉问。

闪闪发光的心愿

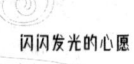

"不,"恩派坚定地说,"不能偷。我们必须光明正大地做这件事,否则就是在承认自己很糟糕,是府尹说的那种人。"

庞听着索姆吉和恩派提出一个又一个主意,可是都行不通。想及时获得足够的灯球,似乎确实没有简单易行的方法。

索姆吉垂头丧气,他的希望破灭了。庞从未见过朋友如此失望的样子。

"我想我有个主意。"庞突然说道。

其他两个人安静下来,把脸转向他。"说吧。"恩派说道。

"我们去城市里找即将耗尽能量的紫罗兰色灯球,趁主人不注意把它们拆下来怎么样?"

"那是偷窃。"恩派说。

"我还没说完——再趁机给他们换上泥屋里能量充足的灯球。"

"这是交换!"索姆吉说。

"我们能得到我们需要的能量耗尽的灯球,"庞继续道,"城里的人也会得到充满能量、可以亮更久的灯球。每个人都能获益,而且没人会在意这件事。"

"真是个好主意!"索姆吉喜上眉梢。

"只有一个问题,"恩派说,"没办法确切分辨出灯球什么时候会灭。如果你知道它们用了多久，倒是能大致猜出时间，否则它们就是一直那么亮，然后——噗——说灭就灭。"

"我能分辨，"庞说，另外两人看上去很惊讶，庞接着道，"灯球在快要熄灭时会发出不同的声音，而且会非常微弱地闪烁，我今天在光明市场看到了。"

恩派挑起一边的眉毛，表示怀疑。"我以前从来没注意过。索姆吉，你呢？"

索姆吉摇了摇头，有些困惑。"没有，但庞能看到其他人注意不到的东西。你真该看看小时候他在树下等杧果的样子。如果他说他能分辨，我愿意相信。"

恩派啃着拇指的指甲在办公桌前踱步。"如果我们能有一百颗光球……一百颗金色光球……用在游行里……"她猛地抬起头对索姆吉说，"你能想象那个场景吗？让查塔纳人举起属于他们自己的光？这将是一次多么重要的宣誓！"

索姆吉一脸兴奋地回应她："只要得到能用的灯球，我可以马上开始给它们注入能量。只要保持关闭状态，它们就能坚持到游行那天，然后——"他的目光落在庞身上，突然停了下来，"等等。庞怎么办？他的船怎么办？"

恩派转身看向庞，看了很久，试图读懂他的表情。她的目光落到他绑着手环的手腕上。"你是怎么想的？你想留下来帮助我们吗？"

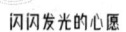

"我……我想……"

"你留下来就会有危险。我将尽我所能地保护你,但不能保证你不会被抓。"

庞艰难地吞了口唾沫。

"我能保证的是,"她继续说道,"如果你帮了我们,等这一切都结束后,我会让你坐上最快的船出海。如果我们成功了,你会获得自由的。我向你保证。"

庞看着恩派,又看了看索姆吉。他又一次像潮水一般被拉扯着,在去留之间纠结。新监狱听上去很可怕,但庞不相信一次游行就能阻止它的建造进程。府尹会去做他想做的事,这是他一贯的作风。

这个世界充满黑暗,这一点永远不会改变。

但他摆脱不了索姆吉充满希望的神情。他亏欠他的朋友,因为索姆吉救了他,因为索姆吉在南原监狱独自挨过了那几年。他已经抛弃过他一次,他不能再这么做了。不行。已经等了四年,再多等一个星期又如何呢?

庞对恩派点了点头。"好,我会帮你们。"

恩派也点头回应。"准备一下吧,我们今晚开始。"

第28章
偷换灯球

白天时，庞用床单蒙着脸睡大觉，像一只用翅膀裹住自己的蝙蝠。黄昏时他会醒来，做好准备跟恩派一起去城里寻找能量即将用尽的灯球。因为索姆吉的工作需要日间的阳光，所以两人每天只能在晚餐餐桌上见面，而对庞来说那其实是早餐。

"我觉得很奇怪，"庞对着一盘蒜香蛤蜊打了个哈欠，"新的日程安排让我觉得像是在水下行走。之前在寺里的时候我们日出前起床，日落后就上床睡觉了。"

"哦，现在你来到了不夜城，"索姆吉说着，舀了一勺鲜艳的辣椒倒在自己的食物上，搅拌起来，光是看着，庞的胃

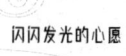

就火烧火燎的,"这里在太阳下山后才会活跃起来。而且,你还可以跟恩派四处逛逛。"索姆吉咧嘴一笑,小声说,"你就承认吧,挺有趣的对吧?"

庞笑了一下,当作回应。确实很有趣。尽管很想逃离这里,但他还是很喜欢和恩派一起的夜间漫步。每天晚上在泥屋门口等恩派时,庞的心跳都会变快,像船的发动机升温一样。

"准备好了吗,孩子?"恩派会这样问一句,然后不等他回答就溜进巷子。庞没再变装成少年巡逻队,穿回了平时的衣服。但他还是戴着那顶帽子,好盖住自己长出短茬儿的头皮。

"在查塔纳藏身的最好办法就是根本不藏,"恩派正带着他走在一座木板桥上,往一条主运河走去。"表现出没隐瞒什么的样子人们就会相信你。跟紧我,照着我的样子做。"

庞努力压抑着被发现的担忧和恐惧,很快掌握了秘诀:步伐坚定——不很快,也不很慢。另外,绝不扭头往身后看。

此前的几个晚上,恩派带着庞探遍了城市的每一个角落。他们有时步行,有时划恩派那条浅底小船。当庞聆听挂在商店和住宅外面的紫罗兰色灯球时,恩派一边剥橘子一边和房主聊天,好分散他们的注意力。

尽管城市里有数以万计的紫罗兰色灯球等着他们调查，但工作的进展比计划要慢。首先，每个地区的收效不同，得谨慎选择。城市的贫困地段收效最明显，因为恩派和那里的人关系比较密切，能很自然地展开交谈，庞可以趁机换掉灯球。

但进展缓慢还有一个原因，那就是恩派还有其他工作要做——她的主要工作。

她是一个鼓动者。

"等我一会儿。"恩派一边说，一边划着小船穿过城市南端的运河网。这里没有所谓的街区，而是松散绑在一起的船屋。人们站在自家整洁的甲板上，或是收起闪闪发亮的渔网，或是围坐成半圆形打牌。庞看着他们，两人划船经过时，每个人都对恩派挥手致意。

恩派把船拴在芦苇丛中一栋摇摇晃晃的船屋旁。"克拉？"她边喊边踏上屋前的木制平台，"嘿，我是恩派。我给你带了橘子。"

门缝里传来一个男人低沉的声音。"橘子对我没什么用，"男人悲伤地说道，"但请进来吧，恩派姐。"

庞跟着恩派走进小屋。里面的家具很少，但打扫得像僧人房间一般干净。和大多数人一样，这个叫克拉的家伙也叫她"恩派姐"，但只要看看两人的样子，就能知道他们甚至连远亲都算不上。他比她高大得多,是个如野兽般强壮的男人,身形和艾差不多,但脖子比艾的还要粗,手臂肌肉也更发达,而且因为在户外工作,他的皮肤已经晒成了棕色。他一个人杵在那里,几乎占据了整个房间。

克拉对庞挑了挑眉。恩派说:"我的助手,你可以信任他。"

屋内有些昏暗,她站在房间中央,双手插在口袋里。"你妻子怎么样了?"

克拉对着门口遮了块布的另一个房间扬头示意,他的表情垮下来了。庞惊讶地发现,眼前这个高大的男人似乎突然变得十分弱小。"不太好,"他低声说,"她需要我的照顾,但我得出去工作。实际上我现在就得走了。我在码头打的那两份工只能维持温饱,根本不够请医生的,尤其是能治她的病的医生。"

他搓了搓自己粗大的手腕,庞注意到他也有一个被画掉的印记——他曾在邦拉男子监狱服过刑。庞盯着他的手腕,感到吃惊,又有点害怕。

克拉瘫坐在角落里的一张凳子上。"我本想找个好点的工作,但你知道的。"

恩派瞥了一眼他的手腕,点了点头。

男人用掌心轻轻托住额头。"我该怎么办?因为有服刑记录,我根本找不到像样的工作。我赚的钱太少,只买得起那点亮光,根本不够用。"他朝天花板上挂着的紫罗兰色灯球示意道,"我们没法做饭,没法烧水。如果它也灭了,我妻子……她就……她就得活在黑暗里了。"

"我们会改变这一切的。"恩派说。

"这话你已经说了很久了,恩派姐。什么也没改变。"

"这次会的。我们要向世人证明,没有府尹的查塔纳会更好。"

"哈!"克拉叫道,"你是说那个拯救我们的人?那个把我们带向光明的人?"

"府尹只是把这座城市点亮了。"恩派说,"这跟'光明'是两码事。你从邦拉监狱出来已经多久了?"

"十一年。"

"十一年!兄弟,你已经服过刑了,却仍在为同一个错误付出代价。虽然法律如此,但这并不是正确的事。是时候了,我们要让府尹知道,他无法掌控正确和错误。"

"你觉得一群人站在一起就能让他倒台吗?"克拉问。

恩派挺直身子。"我计划的这次游行不仅仅是为了向府尹证明他不能再忽视我们,而且是要向我们自己证明。你还不明白吗?"

恩派和其他人之间的类似对话庞已经听过几十次,充满鼓动性的言辞有几十个版本。这一刻,看着恩派用言语激励

眼前这个高大的男人时,庞感到自己内心也发生了变化。他的双脚不安分地晃动着,胸口隐隐作痛,肺好像也不大对劲,胸腔底下有什么东西绷紧、颤动,撞击着他心脏周围那个无形的盒子。

"这次不同,"恩派接着说道,"站在我们这边的人比以往任何时候都要多。离游行还有不到一周时间。我告诉过你我的目标:让所有生活在紫罗兰色和蓝色灯球下的人都站出来。如果我们全都能站出来,他就无法忽视我们。"

大个子男人抬起头来。"你已经说服他们了吗?"

恩派笑了。"我会的。但我还缺码头工人,就是你这种像大象一样健壮的男人。我不希望出现任何暴力行为——无论哪一方。如果你和你的朋友能和我们并肩站在一起,警察即便想挑起冲突也会三思而行。"

大个子摇了摇头。"我不知道。你真的认为一群人同时站在桥上府尹就会做出改变吗?对他来说,我们跟小果蝇没什么两样。"

昏暗的房间里,恩派的眼睛闪闪发亮。"我有杀手锏,足以证明我们已经不需要他了。"她对庞眨了眨眼,"我们可以彻底改变这一切,但前提是有足够的人手,必须站满那座桥才行。你说会和我们一起去的?"

船屋里一切如常,但不知为什么,阴影似乎被挤到了角落。

克拉抬头看了看恩派。"好吧,我会带着工友们一起去的。"

恩派对他笑了笑。"好。哦,在那之前,你会需要这个。"她的手伸进口袋,掏出一颗橘子递给克拉。橘子皮里是一捆钱。

克拉眼里噙满泪水,可他还没来得及道谢,恩派就赶忙拉着庞回了自己船上。

恩派划着船把庞带上地面之后,庞还是觉得头晕目眩,好像仍然在克拉的船屋里上上下下地晃悠。接下来还有很多工作要做,庞却在一条小巷的阴影里磨磨蹭蹭。

"嘿,小家伙,"恩派停下来等他,"你还好吗?饿了吗?"

"我不饿。"庞说。

恩派慢悠悠地朝他走来。"那你怎么了?很累吗?熬通宵挺难受,是吧?"

"不是的,"庞平静地说,"只是……我刚发现,我跟你有多不一样。"

恩派咧嘴笑了起来。她心情不错,想让周围的人也跟着开心,于是开玩笑道:"确实不一样。你可没吃那么多橘子。"

庞摇了摇头。他不想开玩笑,也不想一笑置之。"不,我是说……"他深吸一口气,把想说的话一股脑儿倒了出

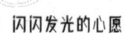

来,"你看着这座城市,你看到了它所有的问题,而且你想修好它。我呢?我也看着它,也能看到那些问题,但是……我只是觉得这一切不可能修好。"

恩派歪着头,挑起一边眉毛,等他继续说下去。

"当一些事情真的出了问题……很严重的时候,"庞说,"你修不好的。你没法让它变好。"

恩派的表情柔和起来。尽管比庞高不了多少,可她还是俯下身子,直视着他的眼睛说:"我们现在在聊什么?这座城市?还是一个男孩呢?"

庞移开目光。"我不知道你是什么意思。"

"你错了。"她说,"你跟我没什么不同,我们之间的共同点比你看到的多得多。"

恩派解开外套左边的袖扣,将袖子卷起来,把自己的手腕伸给他看。有那么一瞬间,庞以为她要给自己看的是监狱标记,但她古铜色的皮肤上面什么图案也没有。接着,她用手指撸起袖子,拉下一圈细细的编织手环。

庞瞪大眼睛。恩派戴的手环和占方丈最后给他的那根一样——红色和金色相间的细绳。她的已经有些褪色,但除此之外没什么不同。

"你是怎么……?"他小声问,"你从哪儿弄来的?"

"跟你一样的地方。"恩派抬眼看了看头顶那些高大的建筑,"我是巨焰之后出生的孩子。那时候还没有府尹,我们这些孩子顺河漂到塔纳布里,被他们称作'篮子里的孩子'。我在塔纳布里长大,在村里的学校上学,但更多时候是在寺里跟占方丈学习,后来我长大了,就自己来到了查塔纳。"

庞目不转睛地盯着恩派的手环。"你居然认识他。我不敢相信。"

恩派陷入回忆,眼里闪烁着快乐的光芒。"是的,我记事时他已经上了年纪。你大概会好奇吧。"她对着庞的手腕示意道,"你还留着那些白色的。他之前也给我过,但没你这么多。我的那些很久以前就断掉了。'愿你永远不会被驴子踢。'他总是跟我说一些类似的话。"

"实现了吗?"庞问。

恩派把头发往后一甩,笑了起来。"我甚至都从没见过驴子!"

庞也笑了。"听起来像是他会说的话。"

"不过,他并没有送出很多这个颜色的手环,"恩派轻轻拍着自己的红色手环,继续说道,"实际上,你是我这么长时间里遇到的第一个拥有这种手环的人。他送给你的时候说了什么?"

庞想回答,但话到嘴边却说不出来。占方丈躺在寺里的画面浮现在他眼前,庞想起自己埋怨方丈为什么不祝福自己获得自由，想起自己对方丈的不敬，他觉得自己一开口肯定会哭出来。

"没关系，"恩派温柔地说，"你不是非得告诉我。你想知道他给我的祝福是什么吗？"

庞抬头看着她。他记得占方丈曾说过，他已经改变了给予祝福的类型。他不打算用自己的天赋改变世界。

恩派将手放在胸前。"他告诉我，愿你的勇气永不枯竭。"

庞咽了下口水，稳住呼吸说："恩派，你知道占方丈去世了吗？"

她的眼里有泪光闪烁，但只是一瞬，随后又充满坚毅。"我听说了，"她小声说道，握住了庞的手，"听着，他之所以会给你那个手环，是因为他相信你是特别的。他相信你是个好人。"

"他相信每个人都是好人。"庞小声说。

恩派紧攥着他的手说："他相信你。他知道你是怎样的人，他认为你的内在是好的。"

庞闭上眼睛。他努力把恩派说的话刻进脑子，却只能听到这些年来不断涌进耳朵里的那些话。

你生在黑暗里……

……这一点永远不会改变。

这些话仍然令他恐惧，但也有一些东西令他感到宽慰，占方丈希望庞能找到他所追寻的东西：自由。他会得到自由的。他终将甩掉所有黑暗和伤害，永远摆脱它们。

庞慢慢把自己的手从恩派手里抽出来，避开她的目光说："时间不多了，我们还要找很多灯球。"

第 29 章
行踪泄露

诺克站在点餐的队伍里，一排闪亮的焦糖色烤鸡正在一旁的烤架上转动。绯红色灯球散发出来的热量令她头晕目眩。一旦闭上眼睛，她简直能睡上一个星期。白天在馆里训练，夜里去街上搜寻庞的踪迹，她累坏了。

诺克左右摆动着僵硬的脖子，她讨厌训练馆里那张吱呀作响的小床。她想念爸妈房间里的灯光从门缝透出来的情景，她想念爸妈，甚至想念那两个爱发牢骚的小妹。诺克真的很想家，但依目前的处境来看，想家一点用都没有。即使放弃对庞的寻找，离开训练馆，她也回不了家。她会去一个更加陌生的地方——那间乡村学校。不，如果真的想回家，她就必须坚持下去，完成自己的使命。

诺克走遍了这座城市的每一条小巷，沿着每一条运河搜寻，有的甚至搜了两次。有好几回她以为找到了庞，走近后才发现认错了人。还有一次，她在一条拥挤的街道上感觉到庞的存在，她知道他就在附近，但始终没找到人。她怀疑庞可能知道自己在追捕他，也许他也在追踪她，所以他才能处处领先一步。

她会向路人求助，询问人们是否见过庞。其实她不喜欢这种草率的方式，但她没有其他办法。她至多只能再在城里待一两天，然后就得回塔纳布里。

诺克走到队伍最前面，负责点单的是一个上了年纪的女人。她头上箍着一个很紧的发网，将手绘的眉毛拉了上去，看上去一直是一副惊讶的表情。她能直接喊出大多数顾客的名字，跟他们打招呼，也知道大家要点什么食物。诺克对街市已经有足够的了解，她知道每个市场都有一个"女总管"，负责监视她那一小段运河上发生的一切。这个有着手绘眉毛的女人肯定是一位女总管。

她绝对是能回答诺克问题的最佳人选。

轮到诺克时，女总管从烤架上撸下来一只鸡，用一把长刀剁成小块。"要多少，小姑娘？"她问，"半只还是整只？"

"我可以只要一只鸡腿吗？"

女总管愣了片刻,露出一副厌恶的表情,但还是剁下一根鸡大腿。诺克不得不吝啬一些——钱越来越少,她得坚持到最后。女总管把鸡肉放进一个纸盒递给诺克。

"夫人,我能问您一个问题吗?"诺克一边说,一边递过钱。

"嗯。"

诺克微微抬起脚尖。"我在找一个人,和我差不多大的光头男孩,他是个见习僧人,名字叫庞。您见过他吗?"

女总管又撸下来一只鸡放到砧板上。"小姑娘,我经营着这条运河上最忙的鸡肉摊。你觉得我能记住每一个名字叫庞的人吗?"

摊位后面走出一个年轻女人,长得跟女总管很像。她手里拿着一盘生鸡,正准备放进烤炉里。"你说的是恩派的孩子吗?"她问。

"抱歉,不是,"诺克说,"那个男孩是孤儿。不过还是谢谢。"

诺克转身准备离开,年轻女人又对她说了句:"好吧。如果你找的是他就好了,我还想请他抽空过来帮忙听听魔法球呢!"

"什么?"女总管说,"什么叫'听'魔法球?能预测天气吗?"说完,她仰头大笑起来。

"很有意思，妈妈，"年轻女人说着把软趴趴的整鸡串上架子，"有传言说，那个孩子和恩派一起在城里转悠。他会贴近魔法球，然后……呃，听一听之类的。"

诺克打了一个激灵。

"哦，噗，"她的母亲伸出舌头嘲笑道，"他为什么要那么做？"

"有人告诉我魔法球会对他说话，向他揭示未来，"女儿说，"也许他可以听听我们家的，告诉我我是不是能搬出去了，我不想再给死鸡拔毛了。"

诺克将思绪拉回到当年南原监狱的院子里。她记得那个头发竖立的男孩总是盯着杧果树看，侧着耳朵"听"果实。当时她觉得很奇怪。什么样的孩子能听懂杧果的声音呢？现在看来，他或许也能听懂魔法球的声音。

"您说的那个人，"诺克问，"恩派。您知道怎么才能找到她吗？"

年轻女人挠了挠自己的脸，说："呃，我还真不知道她住在哪儿。但她收养了她的外甥——一个叫艾的大个子。我经常去隐秘市场给妈妈买脚癣药，有时会在那里见到他。"

"嘿！"女总管挥舞着切肉刀呵斥道，"闲话少说！你觉得那些鸡会自己给自己拔毛吗？"

年轻女人翻了个白眼。"知道了，知道了，我这就去。"

母亲转过身去之后,年轻女人迅速从砧板上抓起另一只鸡腿塞进纸盒递给诺克,并使了个眼色小声说,"我请客。"

"谢谢您。"诺克小声回应。

她很感激。接下来她有的忙了,得吃饱一些。

第 30 章
隐秘市场

太阳刚落山，庞的一天也要开始了。泥屋中庭的灯光很暗，他差点被椅子绊倒。他们把中庭里大部分紫罗兰色灯球换成了城里那些快耗尽能量的。住户们仍然不知道恩派在打什么主意，只是抱怨灯光太暗，总要磕磕绊绊，所以索姆吉编了些借口，说锡纸不好用了，自己正在修补。离游行只有几天时间了，他只好拖延一下稳住大家。

"啊，伙计，我能睡上几个星期。"庞打着蔫儿说。

他在餐桌前坐下，和刚结束一天工作的索姆吉面对面。两个男孩都垂着脑袋，脸几乎要掉进汤碗里。

"你以为只有你累吗？"索姆吉说着，十指交叉抬起手

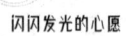

臂，后背左摇右摆。"你试试一直坐在工作台前，还要被上千根铜线一遍又一遍地扎手指。"

"你做好多少个太阳光球了？"庞问。

"139个，"索姆吉打着呵欠说，"我们的目标是一百个，但我想，只要你们继续带回能量耗尽的灯球，我就尽可能多做一些。恩派正在通知大家，游行时得带一根杆子或棍子，好把灯球挂在上面，这样更容易携带。"

"恩派还是没告诉大家太阳光球的秘密吗？"庞问。

索姆吉往自己的面条上挤了一些青柠汁，点了点头说："游行前的星期六晚上会有一个大型会议，到时候她会告诉大家，应该就能说服那些仍然在观望的人了。"

"她现在在哪里？"庞问。晚饭时间，恩派通常会在大厅里和大家聊天，询问孩子们的学习情况，或是和老学者们辩论哲学问题。

"她让我告诉你，她得到上游的木材加工区，今晚不回来了。"索姆吉往自己的气泡水里倒了点绿蜜糖，喝了一口又继续说道，"她希望城市各个地区的人都能来参加游行，越多越好。"

庞皱眉看着自己的食物。"她要去多久？"

"应该明天回来。"索姆吉越过自己的碗向庞凑过去，"别担心，她不会忘记带你上船的事情。"

"你确定吗？自打我们达成协议之后，她就再没提过这件事。"

"她只是在忙着处理游行的事，仅此而已，"索姆吉说，"她会遵守诺言的。她正在帮你申请边境通行证，你到达海边的时候会需要。有通行证海岸巡逻队才会让你通过，他们也不会检查任何东西或是问你任何问题。"

庞怀疑地看着索姆吉。"听上去好像不合法，是吧？我觉得恩派不会做违法的事。"

索姆吉耸了耸肩，灌下一大口气泡水。"基本是合法的吧。恩派会在那些蠢法律里找空子，拓宽它们的适用范围。她懂得'合法的事'和'正确的事'有哪些区别，这就是大家愿意追随她的原因。"

"这也是你追随她的原因吗？"庞问。

索姆吉用筷子夹起面条，说道："不是，我只是为了填饱肚子。"嚼了几秒钟之后，他用餐巾擦了擦嘴，说话时他的眼睛一直盯着自己的碗看，"我离开南原之后没地方可去，也不知道该怎么办。我找到一些住在大街上的孩子，和他们一起待了一段时间，但那段时间……"他抬起视线，看着庞说道，"你知道吗？在街上跑不动也不会打架的孩子会怎么样？"

庞垂下视线，不想跟索姆吉对视。他不想知道。这就是在寺里的那几年一直困扰他的事情——离开监狱后他本该和索姆吉待在一起的。无论索姆吉要面对什么,他们都应该一起面对。可他的朋友不得不独自承受这一切。

索姆吉深深吸了口气,又缓缓从嘴角吐出来。他伸手拿起一罐椒盐,几乎倒了一半进自己碗里。"我很幸运,你知道吗?恩派遇到我时,我正在偷东西吃。如果不是她,我想我现在已经回监狱了,甚至更糟。"

庞对东岸的生存环境已经有了足够了解,他知道索姆吉并非夸大其词。

"她带我来到这里,"索姆吉接着说,"给了我一个家,还有食物。其实这些已经够了,但她给了我更多。"他抬头看了看头顶摇摇晃晃的、被他发明的反射装置包裹着的紫罗兰色灯球,"她让我觉得自己无所不能。我也可以给予。"

庞看着他的朋友把面条从碗的一边搅到另一边,又搅回来。如果索姆吉没遇到恩派,仍然生活在街头,庞永远都不会原谅自己。而且恩派是对的——索姆吉确实无所不能,他正在做一件除了府尹之外从没有人做过的事。

"怎么了?"索姆吉嘴里塞满食物,含糊着说道,"你看我的眼神很奇怪。"

"你知道吗?"庞笑着说,"小时候你让我闭紧嘴巴,别惹麻烦。现在呢,你是我认识的人里嘴巴最大的,你甚至打算加入游行反对府尹。"

索姆吉咧嘴一笑。"是吗?好吧,我开口的时候很有魅力,能产生深远的影响。"他把椅子往后推了推,打了个雷鸣般的嗝,桌子另一头的小孩儿吓得跳了起来。"对不起,"他挥挥手对孩子们的妈妈说,"气泡水的关系,每次都得打嗝。哦,庞,既然恩派不在,也许你可以休息一天。你觉得呢?我们出去找些甜品吃怎么样?我在想——"

索姆吉安静下来,看向庞的身后。庞转过身去,看到耀和艾从后门溜进来匆匆走上楼,还偷偷瞟了他们一眼。

"他们在搞什么鬼?"索姆吉眯起眼睛问。

"肯定没什么好事,"庞说,"我不喜欢这两个人。我不明白恩派为什么要忍受他们。"

"艾的母亲是恩派的朋友。她去世的时候,恩派答应会照顾艾。至于耀,我猜只是个巧合吧。在特定情况下他们俩很有用。他们能在隐秘市场上搞到你想要的一切,比如药品。所以他们揩油的时候恩派会睁一只眼闭一只眼。"

"揩油?什么意思?"

"每次他们出去为我们筹钱的时候,我敢肯定,耀会私底下留一些。"

庞点了点头。"佣金。"

"真希望他能找份别的营生,"索姆吉抱怨道,"但愿游

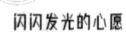

行结束后恩派能甩掉他们。她总是告诉我,每个人都应该得到做好事的机会,但有时候我觉得她太容易相信别人了。"他看着庞,揉着自己的肚子,"怎么样?趁水果市场关门前去一趟吧?现在是榴梿季。"

庞扮了个鬼脸。"不了,谢谢。我还没睡醒呢。"我才不想弄一身死蝙蝠味儿,庞心想。

"随你便。我去去就回。"

索姆吉从楼梯下方的门出去了。庞收拾好两人的餐具准备回房间,却在台阶上停了下来。索姆吉说他已经做了139个太阳光球。

庞回忆起他和恩派去城里的那些晚上,核算了一下——总共收回151个灯球,另外12个去哪儿了?他急忙跑上楼,回到索姆吉房间,又拉上一半门帘,这样就能看到恩派办公室的门口了。他能听到房间里艾和耀的脚步声,还有在地板上推动箱子的声响。

办公室的门开了,两人走了出来。艾的肩膀上挂着一个背包。他和耀的主要工作之一就是帮助恩派将她从朋友那里筹集到的物资分发出去,比如绷带、药膏、维生素、乳霜……总之是那些又贵又难找的东西。

但有点不对劲。艾没有像往常那样把包背在后背上,他用一只手托着背包底部,就像一位拿着昂贵手提包的女士,不管里面是什么，肯定不是棉绷带。庞屏住呼吸听动静。两人路过索姆吉的房间开始向楼下走的时候，庞听到了玻璃相互碰撞的叮当声。

庞皱起眉头。那两个坏蛋拿走了能量耗尽的灯球。

恩派没有告诉他们这些灯球的具体用途，但他们肯定知道恩派把灯球放在了哪里。可他们拿灯球做什么呢？

庞一直等到两人走下楼梯，出了门，才抓起帽子跟了上去。

艾和耀没有去他们平时常去派送物资的街区，而是沿着通往内陆深处的运河曲折前行，再往前走就是五金区了。庞拉开恰当的距离跟在后面，多亏艾身形庞大，在人群里很容易追踪。两人穿过工业区一带，在这里，灯球的嗡嗡声被叮当的锤子声和嗖嗖的锯子声淹没了。

两人绕过一间生锈的仓库，拐进一条悬在泥泞运河上方的人行道。浓稠的河水上方飘散着污物的臭味，还有船漆和机油的气味。人们挤在人行道上，聚在路边的商铺周围。其他街巷的商贩都有大型的灯球招牌，还会播放音乐来吸引顾客，而这里不同，什么招牌都没有，所有东西都被设计成可以立刻打包好或者丢掉的样子。

这里一定就是隐秘市场。索姆吉告诉过庞，在这里，有钱就可以买到任何东西。庞跟在艾和耀身后，见他们走到两个商贩之间的一张快要散架的桌子后面。这里挤满了商贩,很方便庞进行监视。

艾打开背包。正如庞猜想的那样,里面装满了灯球。

一对年轻夫妇胆怯地走上前。耀笑得像只癞蛤蟆,挥手让他们靠近。"相信我,年轻人,这些灯球不比你们在光明市场买到的差,我可以半价卖给你们。"

耀举起一颗灯球,按下开关。年轻夫妇凑上前看,他却马上关掉了灯球。"我得关了,不能引起太多注意,"他笑着说,"否则大家都会凑上来买。但别担心——这单生意我只跟你们做。"

庞终于明白耀在打什么主意了。他和恩派在夜里搜寻到的那些灯球都还只剩一点点能量,通常会在带回泥屋之后消耗殆尽,但只要保持关闭状态,有些灯球也能多亮几分钟。艾和耀居然偷这些灯球拿到这里卖给不知情的人。

庞咬紧牙关。如果不阻止他们,那对可怜的夫妇就要被骗了。他径直向前走去,但又立刻停了下来。透过金属味儿的空气,他闻到一丝不同寻常的气息,让他回忆起河流下游、山顶还有两周前的光景。是柠檬花和木头的清新气味。

庞转过身去,在熙熙攘攘的顾客中搜寻。有陌生人无意中撞到他,挤了过去。庞紧张地扫视着他们的脸,但并没有看到与他同龄的孩子,也没看到拥有一头黑色短发和漆黑锐利双眼的女孩，但柠檬和柚木的香气仍然在鼻尖徘徊。

她在这儿。

庞完全忘记了那对可怜的夫妇，还有艾和耀。他沿着人行道往回走，藏在一堆板条箱后面，紧张地直喘粗气。

她不可能在这里啊。怎么会呢？他想起自己跳下悬崖时诺克脸上的表情。当时他以为那只是出于单纯的敌意。但现在他怀疑自己可能误解了——那也许是一个决心报仇的表情。

难道她出于某种缘故发现他回到查塔纳了？好像不太可能。但如果有这种可能性呢？如果他能偶遇索姆吉，就也有被她找到的可能。

庞站着不动，呼吸却急促起来。他有一种迫切的冲动，想立刻跑回泥屋躲起来。但现在还不行。实际上，他再也回不去了。

如果诺克·西瓦潘真的在追踪他，而他回了泥屋，她会直接跟踪到那里。索姆吉、恩派以及所有人都会被发现。

如果被抓住，那麻烦的可就不止他一个了。恩派可能会因为藏匿他而被关进监狱，所有依靠她生活的人都会失去帮助。索姆吉呢？庞想起索姆吉混迹街头的经历，不禁打了个寒战。没有恩派，他还能去哪里生活呢？庞不会再这样对待朋友了。他已经竭尽全力地提供了帮助，他早就该走了。

闪闪发光的心愿

庞在板条箱后面等待着,他嗅着空气中的气味,直到十分确定诺克已不在附近。随后他把帽子压到眉毛处,匆匆往回走。他等在一条小巷的暗处,他知道艾和耀回去时会经过这里。看到两人走来时,庞跳了出来。

"哦,瞧啊,"耀冷笑着说,"这不是少年巡逻队的嘛。有什么事吗,帅小伙?"

庞迎上两人的目光,尽力让自己的声音显得自信且镇定:"我知道你们拿恩派的灯球去做什么了。"

两个坏蛋惊得张大嘴巴,还没等他们合上嘴巴,庞又说:"如果不想让她知道你们干的好事,就得给我点好处。"

耀狡黠地笑了笑。勒索这种事他再明白不过了。"开个价?"

"一艘船,"庞说,"今晚就要。"

第31章
紧急消息

诺克低头走在西岸安静的运河边,身旁不断有人经过,似乎没人注意她,但她一直能闻到自己头发上那股气味,那来自隐秘市场下水道一般的油腻气味。在这里,人行道每小时清扫一次,清澈的水面上漂浮着莲花,一切难闻的气味都会变得明显。

她多想洗个澡、换身衣服,但没时间了。她不能再等了。

诺克顺着鸡肉摊的年轻女人给的线索寻找。应该离庞越来越近了吧。她花了点时间才在东岸找到隐秘市场,一到达那条肮脏的运河上她就发现了两个男人——一高一矮——正在一张快散架的桌子后面兜售灯球。

闪闪发光的心愿

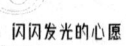

迷路那晚诺克见过这两个人。当时他们和一个女人走在一起。那个女人肯定就是恩派，眼前的大个子应该就是她的外甥艾。诺克看得出这两人正在密谋着什么，他们极力推销，顾客却不太想买。

诺克没看到庞跟他们在一起，但她知道他就在附近。听起来似乎不太可能，但她确实能感知到他的存在，好像他就站在她身边一样。庞一定就在附近。于是她等待着、观察着那两个骗子，如果跟踪他们，应该就能找到庞的藏身处。

就在这时，她无意中听到了一段令人十分不安的对话。

"就是他们，"是一个女人的声音，"大个子那个是艾，鼻子被打歪的那个是耀。"

诺克不敢转身去看说话的人。她一动不动地听着。

"就是他们来找你谈的？"一个男人问。

"对，他们在给恩派帮忙，"女人回答，"星期天太阳下山后我们将在巨人桥集合。他们说要带一根长杆或棍子过去。"

"棍子？"男人问，"做什么用？"

"不知道，"女人回答，"但他们说要保密，因为关于这件事的消息不能传到府尹那里。"

"这件事一定会发生？你确定吗？"

女人声音压得很低，诺克要屏住呼吸才听得到。"我听说可能会有一千个人去！你能想象吗？府尹看到这种场面会怎么想？我希望所有人都有胆量去做这件事。"

做什么事？诺克很好奇。一千个人？而且为什么要带棍子或长杆，难道用来当武器？诺克浑身发抖。那些话在她脑袋里翻来覆去，她试图理清一切，却总是得出相同的结论。

她发现了一起针对府尹的袭击阴谋。

诺克的脉搏急剧跳动。她眼看着那两个骗子收拾好东西溜进人群。是跟上他们继续寻找庞吗？还是应该赶紧上报刚刚听到的消息呢？

此刻诺克离庞很近，几乎能闻到他的气味。但她心里明白，刚刚得知的阴谋更重要。放弃追踪并报告自己听到的消息才是正确选择。意识到这一点之后，诺克下定了决心。她总是选择做正确的事。

而且，如果庞和恩派有关系，那么官方逮捕恩派时也会抓住他。如果能一石二鸟，也是自己的功劳。

诺克急匆匆地走在干净的人行道上，拐了个弯，抄近路穿过植物园，直奔自己家。花园小径上一个人也没有。沿着步道向前，数百个纸灯笼挂在橘子树上摇摇晃晃，脚下的芦苇丛里还有更多光点。水池里的莲花间漂浮着纸托，里面是璀璨的金色灯球。这感觉就好像行走在黑色的天空里，被成千上万颗星星环抱。

诺克放慢脚步。上一次在夜间花园里散步时双胞胎妹妹还是小婴儿，那天妈妈带她们去亲戚家拜访，哥哥在朋友家过夜。很难得，那是诺克和爸爸独处的一个夜晚，爸爸带她来花园里散步。

"我父亲还小时，家里的农舍就在这儿，"他告诉诺克，手臂扫过花园里的植物，"那时还没有'西岸'，这里只有大片的甘蔗田。"

"你的爸爸是农民吗？"诺克问，"我还以为他在政府做很重要的工作。"

爸爸笑了笑。"那是后来了。你知道吧，巨焰没有烧到河的这一边，所以我们这样的家庭几乎没有遭到什么打击。府尹来了之后需要人手。西岸的人创办了玻璃球制造厂，还设计了由魔法球驱动的发动机。我父亲建造了第一座能量站，这一设计为府尹节省了时间，让他可以把更多精力投入到城市管理中。作为奖励，府尹任命他做了财政官。如果他出生在河的另一边，我们家的情况可能完全不同。"

"妈妈说，东岸的人就像退潮时困在水坑里的鱼。"

爸爸难过地点了点头。"对很多人来说确实是这样。"

"他们应该像西岸的人这样，"诺克说，"只要努力工作，遵守法律，好事就会降临。法律是光，而光只照在有价值的人身上。"

爸爸偏过头看她。"你从哪里听来的？"

"学校，"诺克说，"我们在学习府尹的箴言。"

"啊，是的，"他呆呆地说，"我忘记了这条。"

诺克感到奇怪。爸爸工作的那座监狱里明明也挂了写有这条语录的牌子。但那时诺克还小，不知道爸爸其实不愿在监狱里多加逗留。

他清了清嗓子，擦了擦眼镜。"有时候，事情并不像学校里教的那样简单。"

"什么意思呀？"

"哦，有时候，光确实会照耀有价值的人。但有时候，它只是照耀幸运的人。而且，有时候……"他回头看向河对面彩虹般绚烂的东岸，"有时候好人也会被困在黑暗里。"

诺克的小手伸进爸爸的大手里。"我不明白，爸爸。"

"恐怕我自己也不太明白。"爸爸捏了捏她的手指，叹了口气，眼镜上起了一层水雾。他摘下眼镜用衬衫擦拭。再次开口说话时，他的语气就像学校里的老师似的："这不重要，亲爱的。世事就是这样，我们无法改变。"

回忆渐渐远去，诺克摇了摇头。她很爱爸爸，却又因为他感到一丝羞愧，尽管她很不愿意承认这一点——在信仰问题上，一个做过典狱长、如今是首席法务官的人怎么能如此犹豫不决呢？为什么爸爸会是个难辨是非的人？

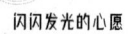

诺克握紧手杖,加快步子,一个急转弯走出了花园。

法律是光。

而现在,这道光面临着被扼杀的风险。爸爸已经帮不了她了,她得去找那个能意识到这件事有多严重的人,那个能立即想出应对办法的人。

诺克停在高大的木门前,天空下起蒙蒙细雨,一个警卫从阴影中走出来。

"别动,"他喊道,"你是谁?"

诺克将手杖立在地上,深深鞠了一躬。"我叫素巴·西瓦潘,"她报上自己正式的名字,"是西瓦潘法务官的女儿,我要向府尹报告一个紧急的消息。"

第32章
粉色的船

庞在运河边的人群中穿行，他惊讶于自己的冷静。本以为自己会紧张或焦急，他却一直保持着平稳、从容的步伐。路过的人一眼都没看他。很显然，他在不知不觉中已经掌握了不引人注意的走路技巧。

他向着约好的会面地点走去。那是运河上一个不起眼的小码头，两边都是肉铺。运河中拥挤的船只缓慢移动着。庞的胃里翻涌起来——他担心艾和耀违背约定，也担心他们无法及时弄到一条船。可当他抬起头时，却发现两人已经来了，正站在一辆破旧的粉色出租船旁边。

庞皱起眉头。他想要的是一条不引人注目的船，可现在

要求换船太晚了。艾站在码头上,一只脚踩在船的边缘让它保持不动。耀站在一旁,目光扫视着人群。庞赶紧朝他们走去,他想快点出发。

看到他时,耀咧着嘴笑了。"哟,你看,我们都安排好了,小伙子。"他看了看出租船,"我们甚至为你准备了淡水和香蕉,就放在船头,舒服得很。"

"等一下,"庞说,"边境通行证呢?"

耀的笑容变成了冷笑。"你以为那玩意儿长在树上,立马就能弄到吗?"

"没有通行证,还是艘粉色出租船,我怎么可能出海?"

"保持低调就好,"耀说,"会有办法的。你最好赶紧走。好好享受海滩,小伙子。"

耀的油腔滑调令庞对感到恼怒,但他没有争辩,立刻上了船。耀说得对,他不能再浪费时间了。

他拉低帽子,盖住自己的眉毛。十几岁的出租船驾驶员很常见,所以他看上去应该不会太可疑。他只是希望别被想乘船的人拦下。艾丢给他一串钥匙。

庞说了声"谢谢",说服自己他已经不欠这两个坏蛋人情了。不过,他还面临一个更大的问题——他必须弄清楚怎么开船。

庞把钥匙插进打火装置里,转了一下。出租船的玉石色魔法球亮起，发动机噼啪着启动了。随着一声令人不安的轰鸣，出租船向前冲去，差点撞上一艘装满木瓜的小船。

"对不起！对不起！"庞说着，松开油门。他驶离那艘木瓜船，却有些矫枉过正，冲向运河的另一边。坐在独木舟上的老奶奶们向他挥舞拳头，用桨尖把他的船推开了。

庞关掉发动机，擦了擦额头上的汗。他想要的"迅速逃走"可不是这个样子。他得等船漂到有足够驾船空间的河道上，那样才能在不伤害别人的前提下掌握开船技巧。他和老奶奶们一起漂流着，在墨色水面上缓缓划动船桨，心脏却像快艇发动机一般急速跳动。

遍布船只的河道越来越宽，查塔纳幽暗的河水在眼前铺展开去。隔着水面，庞看到西岸远处的点点灯火。清凉的微风吹过，天下起绵绵细雨——挺好，这样就更不容易被发现了。他转动钥匙，缓慢地、冷静地驶进主航道。要跟查塔纳永远说再见了，他想。

他把出租船转向南方，小心翼翼地驶向水流较缓的地带，紧贴着东岸前进，经过岸边一座小小的庙宇。这里禁止钓鱼，胖乎乎的鲤鱼成群结队，鳞片在水面上聚成一片，银光闪闪。

脖子后面传来一股熟悉的刺痛，又是那种被监视的感觉。庞努力说服自己这只是错觉，可这种感觉一直没有消失。他眯起眼睛,试图透过雨幕看清河岸——有人穿过那座庙宇,正快步朝他走来,不像是普通的香客。

庞抓住油门想往前推,却卡住了。他回头望去,那人越来越近。直到离得很近了,庞仍然无法透过雨幕看清对方。

庞摇动着湿滑的油门。"快点,快点,快啊……"他感觉到控制装置下面的齿轮在转动,但并没有啮合。

他伸手去够船桨,这时,一个瘦巴巴的身体从上面扑了下来,结结实实地把庞撞进了船底。

"我的天——"庞掀开那个湿漉漉的躯体,挣扎着站起身来。他感到一阵恐慌,胃开始收缩,直到他终于意识到对面是谁时才又放松下来。

"索姆吉?"庞喘着粗气说,"你在这里做什么?"

"我在这里做什么?"索姆吉大喊,"我应该问你才对!你跑掉了!什么都没跟我说!"

"嘘!"柔和的雨声盖住两人的声音,但因为离岸边很近,岸上的人仍然能听到,"你怎么知道的?"

"我回去的时候你不在泥屋,我就出来找你了。发动机修理铺的朋友说他在废品场看到了艾和耀,说他们正在帮一个孩子找船,我马上就明白了。"索姆吉低头看了看那辆出租船,似乎有一些嫌弃,"好在它是粉色的,不然我就找不到你了。"

庞拽了拽帽子边缘。真是糟糕。"唉，我早该知道耀不会保密的。"

"好吧，幸亏他没有！"索姆吉声音又大了起来，"否则我要到明天才能知道你走了。你连一张纸条之类的都不给我留吗？"

"小声点！"庞说道。他们仍然在城里。他抓住油门摇晃着，但一点用都没有。

"啊，我的天，"索姆吉生气地说，"你连船都没开过吗？让开，让开点。"

他把庞推到座位上，自己坐进控制台，一手握着方向盘，一手握着油门。"伙计，这玩意儿真烂，出海之前它就会沉。你看得出来，是吧？"终于，索姆吉一推油门，出租船飞速跃过水面，差点把庞甩到船尾。

在索姆吉熟练的操作下，出租船快速前进，超越其他船只。驶离喧嚣的河道、远离岸上的人群之后，索姆吉关掉了发动机。

"拜托，"庞恳求道，"你得赶紧回到岸上，放我走吧。我已经耽误了太多时间……"

索姆吉双手交叉在胸前。"花五分钟和你最好的朋友说再见是耽误时间？"

"唉，你不明白！今晚，在街上，我确定我看到了——

闪闪发光的心愿

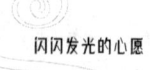

好吧,确切地说不是看到,而是——"

"还有几天就要游行了,"索姆吉打断他,"我们一直在努力。可你呢?你打算就这么消失?"

庞胸口一热,升起一股羞愧。他又要离开,又要逃掉,又一次。可索姆吉难道看不出他别无选择吗?"你只关心这个吗?"庞大喊道,"那个愚蠢的游行?"

索姆吉一脸错愕。

"游行是你们的事,不是我的,"庞说,"我只是在帮忙,因为我欠你的。但我不会为了这么……这么没有意义的事情留下来,让自己陷入危险!"

"你并不是真的相信我们。"索姆吉平静地说。

"你以为你知道我相信什么吗?"庞说,"你觉得我们是最好的朋友,你很了解我,但你根本不了解。你不知道我做过什么,也不知道我是什么样的人!"

索姆吉皱起眉头。他拿起船桨,用宽的那一头戳向庞的胸膛,力道有些大,庞一屁股跌在座位上。

"嘿!"庞喘着粗气,揉了揉自己的胸口。

索姆吉站在一旁,脸上挂着既悲伤又愤怒的神情。"你不能说我不了解你。我比任何人都了解你,比你自己还了解。"

庞咽了口唾沫,惊得说不出话。嗡!就在这时,船体右侧突然传来响动。河道里掀起浪花,小小的出租船摇晃起来，金色聚光灯穿过雨幕直射过来，亮光刺得男孩们暂时失明了。

"不许动！举起手来！"有人命令道，经过扩音器的放大，声音显得尤为刺耳，"以府尹的名义，你们被捕了！"

第 33 章
一个丑闻

警卫拉开沉重的大门，示意诺克跟上一个女仆。"她会带你去府尹的接待室。"

诺克脸一红，突然意识到现在已经很晚了。"我……希望没有耽误府尹大人休息，但这件事很紧……"

"你没有耽误他，"女仆简略地说道，"大人工作到很晚，而且黎明前就会起床。他有太多事情要做，这个时间是不会睡的。"

诺克点了点头，跟在女仆身后，向府尹住处走去。小路两旁的木质花架上攀着茉莉，樱桃核大小的金色灯球掩在花丛里。

诺克扯了扯罩衫前襟——来之前换身衣服就好了。穿着手杖格斗服出现在这样的地方,她能想象出妈妈会怎么说她,但现在担心这种事也来不及了。

女仆将诺克领进屋,走上一小段台阶来到二楼。房子里的一切都由深色木材建造,打磨得闪闪发亮。这座房子简单朴素,与西岸大多数房子截然不同,后者基本都配有华而不实的家具和绚丽招摇的装饰。

女仆在走廊尽头的一扇门前停下,转身对诺克说:"把那个放下。"她盯着诺克的手杖,指了指门外的一处角落。诺克点点头,将手杖靠墙放置。

女仆打开门。"您的访客来了,大人。"她鞠躬说。

诺克强忍着紧张情绪,向府尹鞠了一躬。她一直低头看着地面,直至听到一个低沉的嗓音说:"欢迎你,孩子。请进。"诺克走了进去。女仆留在原地,立在敞开的门边。

府尹坐在一张长桌后面,肘边放着一叠整齐的文件。他面前有一个茶壶和一杯茶,上方有一缕淡薄的热气。"晚上好,西瓦潘小姐。听说你带了个消息给我。"

诺克知道盯着人看很不礼貌,但这也只是她第二次如此近距离地看到府尹,他看上去和记忆中一模一样。

妈妈经常说,她很想知道府尹保持年轻的秘诀。他的年纪肯定比父母大得多,但他脸上没有皱纹,很光滑。诺克知

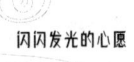

道，府尹是在近四十年前来到查塔纳的，那时的他已经是一个成年男子。但诺克对府尹来这里之前的生活一无所知。尽管她在课堂上经常聆听关于府尹的教诲和功绩，但从未听说过他的出身。

有人说府尹是一位从山上下来的圣人，在最黑暗的时刻拯救了这座城市。他严厉而谦逊的生活方式让这种说法变得十分可信——毕竟，他是一个如此强大的人，本可以借助自己的力量变得富有，可他像个僧人一样过着简朴生活。然而，这会儿近距离看着府尹，诺克却觉得他一点也不像僧人。他平静的面孔后隐藏着某种紧张的情绪，就像压紧的弹簧。

诺克突然想起爸爸很多年前对自己说的话：府尹上台后建的第一座建筑不是寺庙，而是监狱。

尽管窗户开着，夜风温暖柔和，诺克还是打了个冷战。她低下头，将视线落在面前的桌子上。"府尹大人，很抱歉打扰您，但我有重要的消息，我觉得不能耽搁。"

"没关系。"他说着，招手示意她坐到对面的椅子上，看着诺克坐下后，他把茶杯举到嘴边抿了一小口，"如果你觉得有必要直接来找我，那肯定是一件非常重要的事。"

诺克从他的声音中听出一丝打趣的意味，就像成年人对小孩子说话时那种语气。她抬起下巴说："是的，大人，我确定它很重要。"

她把庞的事和自己在城里追踪他的过程讲给府尹听,言辞慎重,语气和缓。她回避了自己对父母撒谎的个中细节,直接跳到了隐秘市场和在那里听到的消息。

"我敢肯定,那些人正在谋划一件会伤害到您的事。"她端坐在椅子上,身体前倾。府尹安静地听着。诺克本希望能被府尹认真对待,可说出一切之后,她却意识到自己掌握的信息并不如想象中那么多。她只知道有一个阴谋,但不知道那些人究竟打算做什么。

"大人,我……恳请您尽快处理此事,马上派警察去调查。"

府尹放下杯子,十指交叉放在桌子上。他笑了笑,似乎为她感到难堪。"我很感谢你的关心,孩子,但是……哦,我已经知道这件事了。"

诺克靠坐回去。"您……您知道了?"

"是的,"府尹沉着地说,"你说得没错。你提到的那个女人——恩派——确实在谋划着什么。但这件事不会伤害到我,哦,不会让我的身体受伤。她要在巨人桥发起游行。"

"您确定吗,大人?也许那只是一个幌子,他们另有目的。从我听到的情况来看,似乎很——"

"我有一个密探为她工作,"府尹打断诺克,"一个叫耀

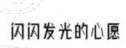

的人。他住进了一个叫泥屋的地方,那里全是恩派的追随者。耀把一切都告诉了我。"府尹不紧不慢,又喝了一口茶,"在过去的一年里,这个叫恩派的女人一直不厌其烦地鼓动穷人,展开反对我的游行。她会在这个周末实施她的计划。"

"反对您的游行?"诺克问,"您是说暴动?"

"哦,不是的,"府尹说着,嘴角微微上扬,笑容里带了一丝得意,"她打算发起一次和平游行。她要求所有追随者不带武器,甚至让他们签了反对暴力的承诺书。"

诺克突然觉得自己缩成了一团,像个小孩子。她真傻!只是一次和平游行而已。她坚信自己发现了一个邪恶的阴谋,可现在回想起隐秘市场的人说的那些话,也确实没什么阴谋的痕迹。她又一次放走了庞,而且还来了这里,让自己更加难堪。她太没用了。

"大人,我很抱歉。"诺克垂下头说。

"没关系。这种事时有发生,"他回答,似乎不明白她在为什么道歉,"如果你像我一样掌权这么久,就会发现这些小麻烦是不可避免的。自我把光明带到查塔纳,已经快四十年了。人们已经渐渐忘记过去的样子,但我记得。"

府尹继续说道,声音很轻:"那时我刚来到查塔纳,这里的苦难和残败令我心碎。一座伟大的城市被夷为平地,人们像狗一样在泥地里挖洞。我无法忍受。"片刻后,他紧绷的神情缓和下来，眼里涌出悲伤，仿佛又看到当年那些苦难。

"当时我想离开。这座城市似乎不可能挺过来了。但我知道，我有能力让情况变好一些。"他掌心向上把手放在桌子上，低头看自己张开的手指，"人们非常需要一个领袖，需要有人告诉他们该怎么做。然后我发誓，我会满足他们的需要，让灾难远离这座城市。"

府尹说着，神情越发坚定，又变回诺克在教科书中所熟知的那个高贵形象。她听到一阵微弱的嗡嗡声，似乎身旁有蚊子在飞。

"让查塔纳重回光明是我的使命，"他说，"从那之后的每一天我都在努力维持秩序，让黑暗无处藏身。不止夜晚的黑暗，还有人心中的黑暗。这一切都是值得的。四十年了，火灾、战争、灾难都没有发生过，我打算一直这样维持下去。这个叫恩派的女人宣扬公平和怜悯，但她忘了，如果没有法律，那些东西毫无意义。"他把茶杯放在桌子上转了转，让它和茶壶对齐，"这些小麻烦以前也出现过，我总是悄悄处理，但这次我意识到，教育人的最好方式就是惩罚他们。"

诺克缓缓抬起头。"惩罚他们？您不会为了一次和平的游行惩罚他们的。"

府尹与她对视，有那么一瞬间，诺克担心自己说错了话。她绞尽脑汁回忆学校教的那些东西。没有，她没说错什么，没有反对和平游行的法律。

"你知道这个女人召集的都是些什么人吗？"府尹问，不等诺克回答，他又说，"以往的罪犯，没受过教育的人，我们社会中最底层的人。你真的认为他们要做的只是和平地走过巨人桥吗？"

诺克想起隐秘市场上那些卖灯球的骗子，她也觉得这些人心肠很坏。但那些可怜的顾客呢？她遇到的乞丐呢？诺克不相信他们也会成为暴力分子。

她眨了眨眼，试图让脑袋更清楚一些。"我……我不知道他们究竟打算做什么，大人。但法律规定……"

府尹攥紧拳头。"什么？"

诺克咽了咽口水。她有些迷茫，她觉得自己应该复述学校曾教给她的那些规训，却一时语塞。接着，她说出了自己能想到的第一句话，那句正确的话："法律是光。我们不是都得遵守它吗？"

府尹幽暗的眼睛闪动了一下，和颜悦色的神情消失了。诺克知道，这次自己肯定说错了话。

"法律是光，它照耀有价值的人，也会惩罚坏人。"他干脆地说着，一字一顿。

他盯着诺克的眼睛，面庞微微倾斜。"说到法律，我的法务官，也就是你的父亲，知道你在这里吗？"

诺克摇了摇头，一股寒意顺着手臂向下蹿。"我想立刻来这里，"她说，"因为您处于危险之中，我不想耽搁。"

"你考虑得真周到，"府尹说，但听上去并不像称赞，"我认识你父亲很久了。他的父亲，也就是你的祖父，早年间给了我很多帮助。哦，是的，你的父亲和我渊源很深。西瓦潘曾是查塔纳最优秀、最高贵的家族之一。"

听到"曾"这个字眼，诺克哽住了。

"每个人都有犯错的权利，"府尹说，"但没人能逃脱犯错的后果，你的父亲犯过很多错，而一切的错误都始于他娶了那个女人。"

"您是说我的母亲吗？"诺克低声问。

"不，"府尹厉声说，"她不是你的母亲。你不是你父亲妻子的女儿，明眼人都能看出来。"

诺克心里一紧。有人大声说出了她的家族秘密，这让她深感震惊，就好像听到一个自己虽然知道但从未说出口的邪恶字眼。真的这么明显吗？难道她一直在自我欺骗，其实所有人都了解真相？

"你父亲的妻子——也就是你兄长和妹妹的母亲——出身寻常家庭。"他接着说，"在当时，他们的结合是一个很大

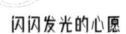

的丑闻,因为她没有钱,也没有社会地位。可至少她遵守法律,不像你的生母。"

诺克屏住呼吸,寒意从手臂蔓延到身体其他部位。

她浑身僵硬,但府尹似乎一点也没注意到。他的言语中一丝感情也没有,就好像聊的是一些再寻常不过的事,比如天气或渔业报告。

"你的生母是一名罪犯。我不知道你父亲是怎么认识她的。我想,有些人就是容易被坏人吸引。他们交往了一段时间之后,她因为抢劫被捕了。你父亲求我赦免她并掩盖这一切,但我拒绝了。我把她关进南原监狱,你就是在那里出生的。"

诺克牙齿打战,双臂紧抱着自己。

在南原监狱出生。

这不是真的。

府尹有些心不在焉,手指不断张开又合上。每次张开时,诺克的耳膜都会因压力变化而震动——府尹的掌心聚起一个豌豆大小的光球。手指合拢,光球便会熄灭。

"你的生母死于难产,你父亲和他的妻子想收养你。他们一定意识到了,由他们来照顾你更易于保守这个秘密。所以他们违背我的意愿,把你带回家当成自己的孩子抚养。我想她应该已经原谅他了。"

"但我没有，"府尹继续说，"我只是觉得自己欠他人情，毕竟西瓦潘家族早年间为我做了许多事。我让他留下了你，但有一个条件：他要出任南原监狱的典狱长，好永远记住背弃法律所要付出的代价。有一段时间，我听说你出落成了一个优秀正直的孩子，以为一切都有了最好的结局。可现在我才意识到，我最初的看法才是正确的。"

诺克再也听不下去了。

这都是假的。

她不可能出生在监狱里。

她得离开这里。她双手扶住桌子好稳住自己，想从座位上站起身来。可就在这时，府尹伸手抓住她的左手腕，压在桌面上。

"你的伤疤还在吗？"

诺克僵住了。

府尹将她的左手掌朝上摊开，把自己的手指压在她的手腕处。"我听说这处烧伤很严重。"他的另一只手仍然握着那颗金色小光球，"他们想掩盖你的身份，"他低吼道，"但他们无法抹除你真实的本性。我看得出你同情恩派，还有那些反对我的黑暗势力。对此我感到困扰，但并不惊讶，一点也不。"

突然，府尹将金色光线收进拳头里。两人之间的空气晃动起来，静电一般噼啪作响。随着一声恼怒的吼声，府尹松开诺克的手腕，坐回自己的椅子上，手里的光也消失了。

诺克左手袖子下方的皮肤传来刺痛。她摸索着袖口，拉起衣袖。

手臂上的疤痕发出微弱的光。府尹刚才拿着的那颗小光球似乎在她皮肤下面浮动闪烁，像一条来回游动的小鳑鱼。接着，光亮上升到皮肤表面，变得明亮耀眼，片刻后又消失了。诺克倒吸一口凉气——她的手腕上有着一个永远无法抹去的标志，多年以来，它只是被掩盖起来了。那是南原监狱的蓝墨水印记。

府尹对站在门口的女仆点头示意："给这个女孩的父亲带个消息，让他来接她。"

诺克起身离开，跑向门口，但被两个仆人挡住了去路。还有一个仆人站在后面，拿走了她的手杖。其实这也没什么——她抖得厉害，根本用不了手杖。

"把她关起来，"府尹对警卫说，"对她好点，但要盯紧。我要让她的父母看看，她顶着家族名声都做了哪些好事，在此之前别让她逃掉。"

第 34 章
意外相逢

庞做梦也想不到,自己第一次踏上西岸这片土地居然是因为被捕。在河道上抓住他们的警察——一个名叫温亚的男人,大腹便便,留着小胡子——带着两人走在两旁栽种着茉莉花的安静街道上,几乎不发一言。

可索姆吉没有。他喋喋不休,一次又一次地提出请求,想跟另一位名叫玛尼的警官谈谈。庞希望他的朋友能闭上嘴巴。当然,一到警局他们就能见到想见的警察,不管是谁。但令庞吃惊的是,他们根本没被带到警局,而是一个像马厩的地方。

温亚警官推开马厩门,里面满是灰尘,一股酸臭的干草味飘了出来。隔成单间的畜栏挨墙排开,中间是一条宽阔的过道。畜栏都是空的,打理得很干净,尽管强烈的臭味说明不久前这里还养着牲畜。

"您知道的,先生,"索姆吉用棕榈糖一般甜津津的声音说,"我们只是在测试那辆出租船,想修好发动机。您可以问玛尼警官,他会为我担保。"

温亚哼了一声,随即打开一间畜栏的门。他用拇指示意两个男孩进去。"我告诉过你,他很忙,"他咕哝道,"府尹要召开大型会议,所有高级官员都被召去了。我可不会为了一个叫花子去打扰他。他回来之后就会来处理你们的事。"随后,温亚关上门,又上了锁,"到时候你的谎话就瞒不住了。"

"哦,我向您保证,警官,"索姆吉说,"我从来不撒——"

"少来这一套,"温亚厉声说,"我跟你们这些流氓打过不少交道。玛尼或许是个老软蛋,但我可不是。你们够幸运了,我把你们带到了这里而不是监狱。如果敢再多说一句,"他举起钥匙,在索姆吉面前晃了晃,"我就把你们关到真正适合你们的地方。"

他迈着重重的步子走回过道,将钥匙挂在墙上的一根挂钩上,然后走出去,关上了马厩门。

"放心,"索姆吉说,"玛尼一来我就会跟他谈,到时候就没事了。"

"高级警官？"庞问，"对我来说可能不是好事。"

"玛尼不一样。我了解他，他是个好人。相信我，他会做出正确决定，放我们走。"

庞无法想象，但他的朋友信誓旦旦，似乎很肯定。索姆吉开始在畜栏里踱步，练习玛尼来时他准备说的话："如您所见，我们没有偷出租船。那是一台报废的垃圾，我们只是……"

索姆吉来回踱步的时候，庞环顾马厩。这里没有灯球，唯一的光亮是棚顶附近的板条窗透进来的黯淡月光。庞意识到，自己已经很久没在一个完全没有灯球光亮的空间里待过了。这里的暗影看上去更丰富，色彩似乎也更有层次。

他四下打量，忽然发现过道对面有一个更深的暗影，正微微抖动着。他静静观察，只见暗影的形状慢慢变化，现出一双猫头鹰般的漆黑眼睛，正一眨不眨地看着他。

庞几乎忘记了呼吸。无论何时何地，他都能认出那双眼睛。

自打逃离塔纳布里之后，被诺克追踪的噩梦就一直困扰着庞。大多数时候，他都会冷汗涔涔地醒来，诺克在高处俯视、将他抓回监狱的画面令他饱受惊吓。而此刻，她终于出现了。庞等待着噩梦中那般的惊恐，可等来的却是一种奇怪

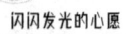

的麻木感——也许他一直都知道自己最终会被她抓住。

慢慢地,庞走到畜栏边。诺克一定知道他在看她,可她的头却一直缩在胳膊里,就像在翅膀下躲雨的鸽子。最后,她终于又抬起头,月光照在她脸上。

庞后退一步。是他认错了吗?那真的是诺克吗?她的眼底淤积着幽暗,死气沉沉,就好像她根本不知道也不在乎他是谁。上一次见面还是在悬崖边,她看上去自信满满、目中无人。可现在呢?颓坐在几米外的女孩看起来截然不同,几乎是庞所见过的最糟糕的人。

庞本应感到快意。可相反,他的胸腔里涌起一种不舒服的感觉。

他这才意识到,诺克并没有在看他。刚才见到诺克时,庞的第一个念头是她正因自己被捕而幸灾乐祸。不然她为什么会在这里呢?可奇怪的是,此刻她坐在地上,被锁在和他们一样的畜栏里。

索姆吉也注意到她了。他走到庞身边,也感到困惑。"怎么了?你认识那个人吗?"

"那个人,"庞低声说,"是诺克·西瓦潘。"

索姆吉倒抽了一口气:"西瓦潘?典狱长的孩子?那个一直在抓你的人?可她为什么被关在这里?"

这也是庞心里的疑问。这情形完全说不通。"你在这里做什么？"庞直接问她，"那些人不知道你爸爸是谁吗？"

诺克闭上眼，又慢慢睁开。"他们知道我是谁。"因为哭过，她的声音沙哑，听上去战战兢兢。她坐在地上，左臂颤颤巍巍地抵在肚子上。庞注意到，她太阳穴上有一个伤口，血顺着脸颊流下来，结了一层黑乎乎的血痂。

"嘿，是谁把你弄成这样的？"

"你先别管闲事了好吗？"索姆吉低声说，他突然慌乱起来，把庞拉到一边，"我们有更重要的问题得解决。有她在这儿，我们就别想出去了。她会告诉玛尼你的身份，到时候玛尼别无选择，就只能把你关起来了。我们必须离开这儿！"

索姆吉双手紧握畜栏门的板条，双臂因为扭动和拉扯而微微震颤。板条吱吱作响，但纹丝不动。

庞突然从麻木状态中清醒过来，索姆吉说得对，他不能呆坐在原地等着被放出去，尤其是诺克还在一旁看着。

他晃了晃畜栏门，试探铰链的强度——无疑，把门撞开是绝对不可能的。他的手伸出栅栏，摸索着门锁。"你有能用来撬锁的东西吗？"

索姆吉愁眉苦脸，摇了摇头说道："我连一截金属丝都没有。"他将额头抵在栏杆上，扫视着马厩，"嘿！"他把庞拉过来，"看到那根棍子了吗？我们可以用它试着够一下钥匙！"

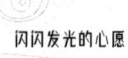

诺克的手杖靠在两人隔壁畜栏外的墙上，一定是警察放的。

庞瞥了一眼诺克，不想让她看到他们在做什么。可那个女孩只是斜倚在栅栏边，一只胳膊蜷在胸前，没再看他们一眼。

"好吧，我们快点！"庞低声说。

他的肩膀卡进板条，脖子被刮伤了。他伸长手臂摸索，手指将将碰到竹制手杖。手杖晃了几下，最后向他们的方向倒过来。在手杖倒在地上弄出声音之前，索姆吉接住了它。

"啊！"他低声道。对面的诺克依然没有动静。

男孩们将手杖拽进栏杆，庞拾起手杖，对准墙上的挂钩再将它伸出栅栏。"来，你托住这一端，免得它掉到外面去。"他对索姆吉说。

男孩们合力将手杖对准挂钩上的钥匙环。试了几次后，庞终于把钥匙挑了下来。钥匙落在地上，发出一声轻响。

"你成功了！"索姆吉低声说，"再用棍子把它拖过来。"

可庞还没做出下一步动作，前门就被打开了，门廊上的灯光照进室内。

"好了，小鬼们，"温亚警官边说边走进马厩，"会议快结束了，而且——"温亚走到一半，停下脚步盯着男孩们。他的目光顺着长长的手杖，最后落在地上的钥匙上。"嘿，你们在做什么？"

庞把手杖拽回畜栏内，索姆吉把它藏在自己身后，一米多长的竹竿高过他的头顶，就好像温亚注意不到似的。

温亚捡起钥匙。"我就知道，"他走向他们的畜栏咆哮道，"你们这些叫花子，跟我走。"

看着温亚打开畜栏门走了进来，庞脖子上的脉搏突突跳着。

索姆吉举起诺克的手杖。"别——别再靠近了！"

温亚眯起眼睛。

"哦，糟了。"索姆吉嘟哝道。

警察大吼着冲过来。

"哦，糟了！"索姆吉以不可思议的速度挥出手杖，击中了温亚——准确来说，他的是腹股沟。

"唔！"警察弯下腰，紧紧捂住被打的部位。

索姆吉又往温亚背上抽了几下，将对方打倒在地。他看向庞，脸上的表情几乎和温亚一样震惊。"现在怎么办？"

庞捡起温亚掉落的钥匙。温亚翻过身来，痛苦呻吟着。

"快！"庞拽着索姆吉的胳膊走出畜栏，关上身后的门。他慌慌张张地试钥匙，最后终于找到对的那把，随即锁上门，将温亚关在里面。

"快跑，快，快！"索姆吉说着，扔下手杖向马厩大门跑去。

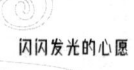

庞跟在后面跑了几步,突然回头看了看。诺克坐在地上,依然斜倚在栅栏边,脸颊抵着板条。

庞本以为自己对她抱有敌意。他本应感到报复的快意。她被关了起来,而他获得了自由。这是她的报应。

诺克抬头看他,眼里波澜不惊,好似听天由命了。庞知道那种眼神——是绝望。

胸腔里又一次涌上那股熟悉的灼热。

别管,他告诉自己,别管,快跑!

可就在这时候,他的脚已经不由自主地转了回去,走向诺克那间畜栏。

"嘿!"索姆吉喊道,"你在做什么?"

庞停在诺克门前。他瞥了一眼温亚,温亚一边喘着粗气,一边挣扎着站了起来。庞掏出一把钥匙试着开锁,他的手在打战。

咻咻!温亚颤巍巍地吹起哨子。咻咻!咻咻!

"庞!"索姆吉叫道,像学步的孩子一样跺着脚,"我们得走了!"

诺克坐起身,抓住畜栏的板条低声问:"你在做什么?"

"救你出去。"庞说着,又试了一把钥匙,但不对。

诺克眨了眨眼。"为什么?"

咻咻!咻咻!温亚一遍又一遍地吹着哨子。外面传来男人的叫嚷声和靴子踩在地面的咚咚声。

咔嚓！钥匙串上的最后一把钥匙打开了锁，诺克摇晃着走出畜栏，跌倒在庞的脚边。

索姆吉急匆匆地走回来，抓住庞的胳膊说："我们得马上走！"

可为时已晚，马厩里走进四个身穿府尹警卫制服的人。

"抓住他们！"温亚指着庞和索姆吉，气喘吁吁地喊道。

庞紧攥着钥匙，在慌乱中寻找逃跑路线——不行，这里只有一扇门。

"你们这些小鬼！"一个警卫喊道，"双手抱头！你们被捕了。"

庞丢掉钥匙。他毁掉了自己和索姆吉唯一的逃跑机会。

这时，诺克捡起手杖走上前，站在庞和警卫之间。她盯着庞看，但眼神有些奇怪，似乎无法聚焦。

"找个东西抓稳。"她轻声说。

庞和索姆吉伸出手，同时抓向对方。随后他们意识到诺克并不是这个意思，便松开手，抓住了身侧的栅栏。

一名警卫指着诺克说："还有你！放下手杖！跟我们一起走。"

诺克双脚叉开站立，双手紧握手杖。这个姿势与她在悬崖边与庞对峙时的姿势一样，但她已经不是当时那个女孩

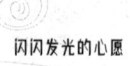

了。她的头发乱蓬蓬的,呼吸急促不稳,看上去野蛮而危险,像一头受伤的野兽。全副武装的警卫互相看了看,眼里布满警惕。

一名警卫小心翼翼地向前一步。

诺克转了转肩膀,似乎在唤醒身体,振作精神。

她用嘴深吸一口气,高高举起手杖。

"嘀!"手杖一端狠狠砸到地面。

庞闭上眼睛。四周一片寂静,一股猛烈的气流冲过来,庞身上的衣服翻飞卷动。地面像地震一般摇晃着,他听到警卫们的喊叫声,可周身强大的压力让他头昏脑涨,根本听不清他们在说什么。

耳朵里嗡嗡直响,庞睁开眼睛。

索姆吉仍然紧紧抓着栏杆。"这……怎么……回事?"

四个警卫仰面躺在地上,像是在船腹间挣扎的鱼。

索姆吉猛地回过神来,抓住庞和诺克的手腕。"敢在这里再多待一分钟,我就杀了你们两个!快走!"

第35章
水上逃亡

快艇在水面飞驰,诺克紧紧抓着座位。她感觉头晕目眩,大脑一片空白。

她一定是吓傻了,不然要怎么解释现在这个场面呢——自己默默坐在一艘盗来的警用快艇上,身后有警察紧追不舍。

这会儿正是日出之前,在这个时间段,河上几乎没有任何船只。诺克看着那个名叫索姆吉的男孩熟练地变换挡位,让船在波涛汹涌的水流中穿梭。他好像十分清楚哪里会遇到急流。

偷快艇的就是他。不知为什么,他知道一个不用钥匙就能启动快艇的秘密方法。坐在操控台后面的索姆吉收放自

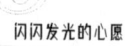

如，好似已经驾驶过这艘快艇十几次了。

庞坐在旁边的一个座位上。自打逃离马厩之后,她几乎没再看他一眼,现在也还是不敢看。

追踪魔法球越过幽暗的水面,朝他们飞来。

"他们追上来了!"庞对他的朋友大声喊道。

"你们两个抓紧了!"

在通往上游的一个急转弯处,索姆吉加大马力。这会儿天已经亮了,可以关掉船头灯,但灯球发动机的玉石光芒还是让他们有些担心。除非关掉发动机,否则很容易被发现。

索姆吉向巨人桥厚重的桥墩驶去。这是唯一一座横跨河流的大桥,是查塔纳的少数遗迹之一,背负着奇妙的过往。诺克曾在历史书上学到,这座桥的名字源于帮助建造的巨人。

她以前从来没有仔细思索过这座桥,但现在她抬头望向桥身,惊叹不已——居然有人能抬起那么大的石头。只有巨人才有这样的力量,将巨型桥墩放到那里,沉入河流最深、最湍急的地方。

索姆吉娴熟地把船开到桥北侧,依照河水流速调整发动机动力。船尾的灯球仍然闪烁着,但没有之前那么显眼了,而且桥墩会帮助他们掩藏。现在唯一能做的就是等待。

诺克抬头盯着桥墩看。桥墩下方雕着大象,上面是跳舞的天女，上百年来，她们美丽的面庞已被雨水磨蚀。诺克觉得自己和她们一样，已经面目全非。她望着桥墩，手指轻抚左手腕。

她是谁？

她不是诺克·西瓦潘——这是肯定的，诺克·西瓦潘是完美的。

此刻，盗来的警用快艇上坐着的女孩是一名罪犯的女儿，她出生在监狱里。

什么树就掉什么果。

这是真的吧？毕竟她袭击了警察，逃避了追捕，还协助了逃犯。在过去几个小时里，她闯进一个倒行逆施的世界，一个杂乱无序的世界。最令她无法接受的是，她一直努力追捕的男孩目睹了她被关在监狱里的场景。那本应是他胜利的时刻，是他复仇的机会，可他却放走了她。

相比其他，这件事给了诺克最深的打击。

他放走了她。

为什么？

后方的警用快艇越来越近，发动机嗡嗡作响，像一大群黄蜂。庞和索姆吉对视一眼，神情紧张。

诺克随时可以大喊，她可以告发两个男孩。这样一来或许能将功补过，让法律饶恕她今晚所做的坏事。诺克张开嘴

闪闪发光的心愿

巴，深吸了一口气。

他放走了我，她想，他放走了我。

追踪魔法球拐个弯离开了，发动机的嗡嗡声也渐渐远去。警察去其他地方搜寻了。索姆吉和庞呼出一口气，如释重负。

诺克颤抖着闭上眼睛，曾经的她彻底死去了。

警用快艇的声音消失后，索姆吉再次踩下油门。"我们得去到上游更远一些的地方，好把这艘船藏起来。我会想办法给玛尼传个信儿，让他来取。"

"你真的觉得你偷了船他也会原谅你？"庞问道，"索姆吉，这么做会惹上大麻烦的。这次你就别再自欺欺人了。"

"也许吧，"索姆吉咬着嘴唇，"但如果有人能谅解我们，那一定是玛尼。我现在更担心的是，如果——"

他转过头怒视诺克。随后，他示意庞靠近一些。两个男孩扭头看着她，小声耳语，诺克知道他们在争论什么。

"你们不必担心。"她说。

索姆吉瞪了她一眼。"哦，不担心。说的好像你不会找机会跑回家向你爸告状。"

诺克望着两人身后。此刻旭日东升，西岸的金色灯球渐次熄灭。她想象着自己走进家门，坐到餐桌前和父母、哥哥、妹妹一起吃早餐的情景。他们会直视她的眼睛，还是会因为感到耻辱而转过头去呢？诺克不想知道。现在她明白了妈妈的话——流言蜚语比刀子还要锋利。如果有人知道她的秘密，知道她在哪里出生、她的亲生母亲是谁，家族将永无宁日。赢再多的格斗奖杯也掩盖不了这一点。他们是得把她送去远方，这么做没什么错。

远方。

诺克很想去远方。可远方是哪里呢？她无法想象自己在山间那所乡下学校里能有多开心，也无法想象回到父母身边的场景。不知为什么，她想起兰纳布里那间图书馆，那个满是旧书的地方。那里很安静，可以长久地在书架间迷失、流连。

"我不会逃回家。"终于，她这样说道。

男孩们交换了眼神。诺克不明白，也不关心他们在想什么。

索姆吉握紧方向盘向北驶去。快艇在深绿色水面上顺畅滑行，将他们带入东边一条安静的运河上。索姆吉和庞动作麻利地跳了出去，开始绑船。

"你打算去哪儿？"庞问道。

可诺克已经离开，无声无息地消失了。

第 36 章
一场大火

在旭日的指引下，庞和索姆吉匆匆赶往泥屋。

庞偷偷看他那位满脸不高兴的朋友。"我知道你在生我的气。"

索姆吉哼了一声，看上去更不高兴了。"我为什么要生你的气？"

"因为我把诺克·西瓦潘从马厩里放出来了。"

索姆吉咳嗽一声，翻了个白眼。"如果她跑回她爸那里，然后你被送进邦拉监狱，我才会对你生气。"

如果发生这种状况，庞会先生自己的气，因为他害的是他们两个。但内心有一个声音告诉他，这么做没有风险。如果诺克想告发他,其实有很多机会。不知为什么,也不知道发生了什么,总之她已经变了。

他还是不明白她为什么会被关起来。逃跑的过程中他问过几次,但她一句话也没说。她身上发生的一些事让她把自己封闭起来,就像一只退潮时的牡蛎。

"我只是在做正确的事。"他对索姆吉说。

"好,好。我还是那句话:你就是不能——"索姆吉又咳起来,两人不得不停下来歇息。

"你还好吗?"庞问,"是我走得太快了吗?"

索姆吉摇了摇头,费力在咳嗽的间隙喘了口气。"空气……好像有点……不够……"

空气中确实有一股白垩味,似乎灰尘遍布。一阵微风吹过,庞闻到一种离开塔纳布里后就再也没闻到过的气味。

燃烧的木头。

在东方——庞本以为是太阳升起的那个地方——一道黑色烟柱从房顶升起。那不是日出,是火焰。

运河沿岸的人们也注意到了。一些人指指点点,惊骇不已,另一些人匆匆跑回了室内。至少这样一来,两人穿过街道变得容易了。庞一只胳膊搂着仍在不停咳嗽的索姆吉,把他拉到人行道上。他一直想避开大团的烟雾,可通往泥屋的路正是火焰的方向。

闪闪发光的心愿

在下一个街角,两人差点被一群朝相反方向跑的人撞倒。

索姆吉抓住其中一个女人的胳膊。"米姆阿姨!"他喘着粗气问,"发生了什么事?"

女人扯下遮在脸上的破布。"索姆吉!天哪,你在干什么?还不赶紧跑!"

"拜托!"索姆吉边咳边说,"告诉我……发生……什么事了?"

她惊恐地望了望身后。"泥屋着火了!每个人都在逃命。我们必须在警察赶来之前离开,找到藏身之处。"米姆阿姨抓住索姆吉的手腕,"一起走吧。我们得找到一栋安全的房子,但我不知道该去哪儿。"她环顾四周,慌乱又困惑,"我本来和很多人在一起的,但我找不到他们了!"

索姆吉抽回手,捂住口鼻说:"可是……恩派呢?"

"她在后面!"米姆阿姨说着,朝泥屋的方向示意,"她在救大家。她让我们躲起来!"

"我得……去找她!"索姆吉说完,弯下腰急剧喘息。

庞伸出双手按住索姆吉的肩膀。他得让他的朋友避开烟雾。"你跟米姆阿姨一起走,"他对索姆吉说,"泥屋的每个人你都认识,你可以帮助他们去到安全屋。我去找恩派。"

索姆吉边摇头边剧烈地咳嗽着。

"去吧!他们需要帮助!"庞轻轻晃了晃他,"我们会去藏身所找你会合！"

索姆吉终于同意了。老妇人把自己的破布给了他，两人很快消失在人群中。庞扯起衬衫下摆遮住脸，在泥屋的逃亡人群中费力逆行。

抵达之后，庞发现巷子里一片混乱。一些人惊慌失措地从他身边跑过，又有另一些人蜂拥而来。泥屋三楼的窗户里跳动着橘色火焰，庞不禁停下脚步，似乎被催眠了。滚滚浓烟倾泻而出，翻涌升腾，像一座即将冲向云霄的黑色高塔。

这样的景象吸引了一群围观者。他们保持着安全距离，在马克餐厅门前形成一个半圆。庞推开他们，跑到前门。

"恩派？"他喊道。

庞走进餐厅，有人扯住他的后衣领猛地把他拽住了。

是马克。眼镜片上沾满油渍的他正用一块湿布捂着鼻子。

"你在做什么？"他喊道，"别傻了！你不能进去！"

"但我必须找到——"

庞咽下后面的话。黑烟还没有飘到低楼层，但空气已经变得粗糙，开始散发有毒气体。每一次呼吸，庞都感到口鼻灼痛。

马克把他拖到门口时，他听到楼上传来可怕的声音：木头突然迸裂。

马克一路将他拖到门外，走进巷子里。庞大口呼吸着不

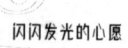

那么干净的空气。"恩派……在……哪儿?"他喘着粗气问。

"还在里面。"马克说。

"得有人……去救她出来!"

"她会出来的。"马克自信地点了点头,"里面还有人。等他们都获救了她就会出来了。"

马克说话的间隙,一群人踉跄着奔出大楼,脸上布满黑黢黢的油光。庞看着他们顺着餐厅往外走,这时,一道橄榄绿色的身影又飞快闪回去,冲向厨房。

"恩派!"他喊道。

"她说她要检查……看还有没有人,"一个逃出来的女人咳嗽着说,"再最后……检查一次!"

"谁来帮我一把!"一个少年喊道,他搀起一个跌倒在门口的老人。

庞抓住老人的另一只胳膊,和少年一起把他带到泥屋外,搀到街上。

少年跑去找人帮忙。庞安慰道:"坚持住,爷爷,我们会把你带到安全的地方。"

老人无力地抓着庞的手臂。"我站不起来……我的腿不听使唤,"他气喘吁吁地说道,"我已经准备好去死了,可是有人把我抱了起来,带我下楼……我想那一定是个巨人,只有巨人才有那么大的力量!"他泪眼婆娑,微微地笑了笑,

"是恩派，你能想象吗？那个小个子女人……像抱婴儿一样抱着我。"

"发生了什么？"庞问，"怎么会起火？"

"我不知道。我们正在睡觉，"老人声音嘶哑，惊恐地望着泥屋里的火焰，"一切都在重演……我从没想过会再次看到火……从没想过！"

少年带回两个男人，他们把老人扶起来，带出了巷子。

庞转身往泥屋走去。屋顶已经完全被黑烟吞没，火焰咆哮着越烧越高，从一扇窗跃到另一扇。木头的断裂声和玻璃的碎裂声越来越剧烈。庞看着燃烧的大楼，想到了巨焰。眼见着东岸的所有建筑被这样的大火吞没是一种什么感觉呢？他无法想象。

他想逃离这里，但找到恩派之前他不能走。如果她正在最后一次检查，看是否还有掉队的人，应该随时都有可能出来。庞紧盯着马克餐厅的大门。

"终于来了！"人群中有一个女人喊道。

"啊，谢天谢地！"另一个人说。人群开始欢呼。

庞伸长脖子寻找那件橄榄绿外套，但人群的欢呼是为别的事情。

泥屋后方的运河上响起喇叭声，有人宣布消防部的两艘船到了。船上配的高压水枪和粗大的胶皮水管，将黏糊糊的

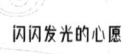

运河水直射向三楼窗户。

火焰桀骜不驯地舞动着,起初,水管似乎不是它们的对手。但渐渐地,黑烟变成灰色的水蒸气,窗户后面的火焰偃旗息鼓。

可没过多久,消防船制造出了其他混乱——风向变了,火焰被浇灭后产生的大片蒸汽喷进巷子里,其间掺杂着灰尘沙砾。人们担心接下来警察就会到达现场,于是四散奔逃。透过蒸汽,庞捕捉到那抹他翘首以盼的颜色:掺着灰尘的绿色。是恩派的外套。

他松了口气,双手捂着脸跌跌撞撞向前走,寻找餐厅的入口。

终于,他看到了跪在前门外面的马克。

"马克,你还好吗?"他试着想把对方拉起来。

马克抬头看着庞,泪流不止。

"怎么了?怎么回事?"庞焦急地问。

他低下头,看到马克脚边的绿衣服。马克俯下身,轻轻拨开恩派脸上的头发。庞已经做了最坏的打算,但她没被烧伤。除了脸颊上沾着的烟灰,她看上去只是睡着了。

"恩派!"庞喊道,晃动她的手臂,"我们带她离开这儿!马克,我们必须送她去医院!"

"没用了,"马克抽泣着摇头,"没用……她已经死了。一定是因为烟太大。我赶到的时候,她就已经死了。"

"什么?"庞呼吸一滞,"不,她不会死的。"他俯身握住她的手,仍然是暖的,却苍白无力。

"哦,恩派……"他低语。

两名消防员快步向他们走来。"先生,楼里还有人吗?"其中一个人问马克。

马克抬头看他,神情茫然。他摇了摇头说:"没有,她把他们都救出来了。每个人都救了。她是最后一个出来的。"

庞伸出另一只手,拢起恩派的手指。衣袖滑落,露出她光秃秃的手腕。占方丈多年前送她的红色手环——与庞的手环一样的那条——已经不见了。庞闭上眼睛,想起她对自己微笑,想起她眨了眨眼告诉他老僧人给她的祝福:愿你的勇气永不枯竭。

"他说得对,"庞低声说道,"你的勇气从未枯竭。"

第 37 章
光的秘密

仓库里太热了，每个人的脸都汗涔涔的，有人摇动檀香扇，试图在热气间制造些冷风，但只是徒劳。庞觉得这里大概挤着两百多人。

在这处宽敞的空间里，马克站在人群前方。汗珠从他的额头滚落到鼻梁，眼镜顺势滑落。

"可怜的马克，"庞低声对索姆吉说，"他看上去紧张极了，简直要吐出来了。"

"是的，他不太擅长在大伙儿面前说话，"索姆吉平静地说，"那是恩派擅长的事情。"

庞宁愿自己没有挑起话头。索姆吉坐在地上，双膝抵在胸前，神情缥缈恍惚。已经一天半了，他一直这样。不过至少他愿意开口说话了。索姆吉看到恩派的时候一个字都没说。庞本想伸手拍拍他的肩膀，捏捏他的胳膊，或是做些别的什么来打破那凝滞的沉默。可他知道，索姆吉肯定会缩回到自己的世界里。

马克举起手，一分钟后人群安静下来。他咽了几次口水，又清了几次嗓子，说："朋友们，朋友们……请听我说。首先，我要感谢你们今晚能来这里。我知道我们中有很多人不敢离开他们的安全屋来参加这次会议。"

大火过后，泥屋的人已经四散到城市各处。庞和索姆吉一直躲在马克姐姐那里，和她的父母以及四个孩子挤在一间公寓里。警察在泥屋附近展开搜查，但他们不知道，恩派早已建立起一个范围相当广的安全屋网络，而且她在全府各地都有朋友。对所有需要帮助的人来说，她的名字已经成为一把钥匙，足以打开很多地方的大门和众人的心门。

府尹已将恩派判定为罪犯，认为她犯下了最严重的罪行：纵火。报道称，大火是凌晨时分从她的办公室烧起来的，而她存放在那里的药品和化学品令大火迅速蔓延，最终失控。但东岸的人都不相信恩派与这场火灾有关。这一定是场意外。

不过，庞很好奇艾和耀的下落，在泥屋，只有他们能进

入恩派的办公室,可这俩人在火灾后就消失了,一直没回来。会不会是耀放的火呢?可是他为什么要这么做呢?

马克扶了扶自己的眼镜,继续说道:"关于是否应该会面,我考虑了很久。但我觉得我们必须聚一次,哪怕只是为了向我们亲爱的恩派姐致敬。"

人群中传来一阵惆怅的低语,许多人朝房间前方临时搭起的纪念台鞠躬。一串小小的紫罗兰灯球挂在恩派的炭笔画像上方,画的两侧摆着花束和一盘橘子。

"首先,我们必须处理一些重要的事情,而且要快。"马克说,"此刻,我并不是要取代恩派领导大家,我也绝没有打算接管——"

"你很棒,马克!"有人喊道。

"没错的,你是她的得力助手!"又有人说。

马克郑重地点了点头。"我至死都会竭尽全力帮助她。现在我认为,我有责任在恩派离我们而去的情况下决定接下来的动向。你们都知道,她有很多计划,这些计划本该在接下来的几天里公之于众,首先就是明晚在巨人桥的游行。但现在我们必须想清楚:接下来该怎么做?是继续执行那些计划,还是放弃?"

"放弃?"人群中响起一个愤慨的声音,"她做了这一切,我们怎么能放弃?"

随即一个女人站了起来,胸前的襁褓里还有一个小婴儿。"但她不会希望我们现在就执行。恩派很在意游行的事,但她更在意我们。暴露在外面太危险了。现在,即便是喊出她的名字也会有风险。"

"所以我们不用她的名字。"一个十几岁的女孩说道,"别忘了,这次游行根本不是为了恩派,而是为了儿童监狱,府尹口中那个所谓的'改造中心'。如果那玩意儿建起来了,我,还有我的兄弟姐妹们会怎么样?"

"早晚都会建起来的。"房间另一边的一个男人说,"想想看,如果一次游行就能阻止府尹和他身边那些有钱人,早就有人这么做了!"

人群中传来担忧的低语,但也有几十个人点头表示同意。

房间靠前的地方有一个穿着无袖上衣的魁梧男子站了起来,他转过身,庞认出他就是码头工人克拉。他低沉洪亮的声音让人群顿时安静下来。

"我会去那座桥上。在没人愿意提供帮助的时候,是恩派救了我妻子的命。按照府尹的说法,妻子的病是我们自己害的,就因为我们是穷光蛋。但恩派相信我们不是坏人……"说到这里他停了下来,随后挺起健硕的肩膀继续说道,"但我并不只是为了她,也不仅仅为了儿童监狱的事,并不仅仅是这样。我之所以要参加游行是因为时机到了,我

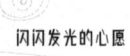

们该站起来反抗不公平的待遇了。不管住在河的哪一边,也不管头顶晃荡的灯球是什么颜色,我们都该得到尊重!"

他身旁的一帮壮汉也站了起来。"我们码头工人都是这么想的!"有个人喊道,"我们也会去桥上,和克拉并肩作战,每个人都会!"

"对,是的!"其他人大声附和。

"好了,好了!"马克喊道,费了好大劲儿才盖过人群的喧闹,"请大家坐下,保持安静,否则我们无法取得任何进展。"

仓库里安静下来,但仍有激动的低语声。

一个脸上有道疤、言谈听上去很有教养的男人站了起来。"朋友们,有件事我们理应考虑一下。我也相信恩派的主张。但我要提醒大家的是,她是有周详计划的——一整套计划。"房间里的人竖起了耳朵,"我相信恩派对我说的事也都对大家说过了。她知道,仅靠游行是无法对抗府尹的。我们必须具备能压倒他的某种优势。恩派告诉我,她有一个秘密策略,将会在这次会议上披露。她向我保证,查塔纳人见识到这个秘密之后会立即加入她的阵营,放弃府尹。但能谈的人我都谈过了,没有人知道这个秘密到底是什么,她没有对任何人说起——如果这个秘密真的存在的话。"

房间里鸦雀无声,人们低头盯着自己的大腿。码头工人对此也没有作出反应。

"游行的意义在于激励整座城市的人加入我们，"有教养的男人说，"但仅依靠单纯的游行无法实现这一点。这听起来似乎是一件高尚且勇敢的事情，但如果没有周详的计划作为支撑，游行毫无意义。"

"这家伙说得对，"人群中有个人说，"府尹太强大了。人们要么害怕他，要么敬畏他。而且别忘了，我们需要他。没有府尹，这座城市会陷入黑暗。经过泥屋这场大火，我们不可能再使用火了。"

更多人接受了有教养的人提出的观点。大家窃窃私语：府尹太强大了。这太危险了。

庞扫视着房间里那些越发无精打采、听天由命的脸。他抬头看向恩派的画像。她所有的努力、她为之付出生命的东西都被付之一炬。这就是梦想破灭的样子吗？

庞用胳膊肘碰了碰魂不守舍的索姆吉。"嘿，"他低声说，"恩派没把你的太阳光球告诉其他人吗？"

"这还重要吗？"索姆吉嘟哝着说，"反正都被毁了。一切努力都被烧成灰了。我早就知道，这座城市是不会改变的，永远不会。"

听到这些话从朋友嘴里说出来，庞感到震惊。"你不是真的这么想的。"他低声说。

索姆吉的身体又向下弯了弯，蜷了起来。"你怎么知道我是怎么想的？"

庞抓住朋友的胳膊用力摇晃。如果手边有船桨，他一定会捶索姆吉的头。"你必须振作起来！我知道你很难过。"没等索姆吉回答，他又补充道，"不是难过，而是心碎一般的悲伤吧。我也一样。恩派的死也许是我们经历过的最糟糕的事，也许你永远过不去这道坎，我可能也过不去，但现在，你不能就这么坐在这儿。来吧，索姆吉。"庞又晃了晃他，这次温柔了一些，"我了解你，这不是真正的你。恩派不希望你变成这样。"

索姆吉抬起眼睛看了看恩派的画像，又看了看庞。

"拜托，"庞说，"告诉他们吧。"

索姆吉点了点头。他慢慢舒展身体，坐直了一些。"我知道恩派的计划。"他的声音太小，没有人听到。他清了清嗓子又说了一遍。可房间里的说话声依然没有平息下来，于是他两手围拢在嘴边大喊道："我知道恩派的计划！"

两百多个脑袋齐刷刷转了过来。

马克镜片后的眼睛眨了眨。"索姆吉，你知道恩派的秘密？"

"是的。"庞说着，站起身来，用手勾住索姆吉的腋窝，没等朋友反抗，庞已经把他拉起来了，"我们俩都知道。我们在帮她做这件事。"

"好的，上来吧，孩子们，"马克说，"快来，别磨磨蹭蹭，大家都等着呢。"

坐在地上的人群往两边挪动，为两个男孩腾出一条狭窄的通道，好让他们走到前面。庞突然觉得自己渺小又窘迫。

"你的灯，"他低声对索姆吉说，"给大家看看。"

索姆吉之前把一颗太阳光球塞进了他肩上的布挎包里。那是仅存的一个，只是一颗小小的灯，组装好之后索姆吉把它藏在了泥屋后门处，以备不时之需。火灾之后，庞设法把它取走了，好在没被警察发现。

索姆吉把手放在挎包上站了很久，庞几乎以为他会拒绝拿出来展示。终于，他把手伸进挎包，掏出了那颗玻璃球。他将光球顶部的铜线触点拧在一起，一束柔和的金光倾泻而出。

房间里所有人都惊呼起来。

"金光！"有个人说。

"你们偷的？"另一个人说。

"不是，"庞大声说，"是他制造的。索姆吉，告诉大家你做了什么。"

索姆吉解释了自己利用能量将尽的灯球收集太阳光的过程，房间里出奇地安静。他很紧张，讲了太多技术细节，但他讲得一定十分清晰明白，因为当他讲完之后，人群中响起了惊叹的低语声。

"那亮光真是瞩目！"有教养的男人说道，"但别忘了府尹的能力。我们这座城市所有的光都是他创造的！一百年内我们是无法超越他的！"

"重点不是超越他，"庞说，"而是让他知道——"庞顿住，摇了摇头又说，"重点是让你们自己知道，你们不需要他，不需要他的光，不需要他的法律。没有他你们也能生活下去。"

他试着说出了两人执行夜间任务时恩派说过的那些话。但不知为什么，从他嘴里说出来的感觉不太一样。恩派是打心底深信那些话的。庞现在才意识到，人们之所以愿意追随恩派，并非因为她说了什么——不是她说的话，而是她的心。

索姆吉站直身体，摆正姿势。"无所谓了！"他愤怒地喊道，人群安静下来，"反正也没用。除了这个，我做的其他光球都被大火烧毁了。一切都被烧了。"他表情十分痛苦，低头看着手里的光球，"我们花了好几天才收集到足够的灯球，就是为了做这个。明天晚上就要游行了，也就是说，重新收集阳光的时间只有明天一个白天，而且也不可能及时收集到足够的灯球。"

魁梧的克拉又一次从人群中站起来，像一座高耸的塔。"我可以给你一颗能量耗尽的灯球。我们家唯一的灯球昨晚灭了，现在我和妻子正活在黑暗里。哪怕给我一千颗新的灯球我也不换，它是你的了。"

"我有一颗今晚刚耗尽能量的！"后面传来一个声音。

"还有我！"另一个人喊道，"我刚好带在身上，准备一会儿送去回收站，送给你！"

一位老妇人拄着拐杖站起来。"这座城市的人心碎了。我们愿意奉献一切来纪念我们深爱的恩派。如果我们一起努力，尽快传播消息，一定能收集到你需要的东西。"

庞看着索姆吉。"你觉得呢？没有必要再保守这个秘密了。"

"可我的组装设备呢？"索姆吉说，"捕捉器，太阳光能量罐，这些都被大火烧毁了。"

"嘿！索姆吉！"

庞和索姆吉转过身去，原来是发动机修理铺那个鲻鱼头。

"你需要帮助吗？我们铺子的员工都可以帮忙。"鲻鱼头站起来，对坐在周围的伙伴们点了点头，"还有，你都需要哪些物资，我都带过来。如果得花钱，我会用我的薪水来付。"

索姆吉看了看恩派的画像，又看了看庞。"好，"他说，"我想我们可以开始了。"

众人十分兴奋,人群又嘈杂起来。

"好了,好了,各位,冷静一点,"马克试图让大家安静下来,"你们都听到了今晚的讨论。如果是恩派,肯定不会强迫谁加入。要是有人选择退出,没有人会指责你。但毫无疑问,如果我们还有时间完成恩派的计划,就一刻也不能等。要参加明天游行的人请来南侧集合,跟我站在一起。谢谢大家,谢谢每一个人。"

紧接着,人们站起身来,开始站队。

第 38 章
兄弟情谊

"好了,"庞跪着直起身子,向后仰了仰,"186 个。比之前的灯球还多。"

索姆吉坐在自己脚后跟上,搓了搓鼻梁。"我一闭上眼睛,脑袋里全是铜线和玻璃球。"

两人坐在马克姐姐公寓靠里面的卧室里。清晨的阳光刚刚透过糊着棉纸的窗户照进来。两人面前,各种尺寸的灯球沿着墙壁按大小整齐排列。庞和马克在仓库里待了一整晚,接收人们从城市各处带来的能量耗尽的灯球。索姆吉教会了鲻鱼头那帮人怎么安装灯球和太阳光能量罐,好让他们在日出后开始补充能量。过不了多久,他们就会把捕捉器和罐子带到屋顶，摆开来放在沥青纸上吸收阳光。

庞头昏眼花。最近他都是日出时分才睡下。但他感到如释重负，因为他的朋友似乎已经渡过这道难关。他沉浸在工作中，找回了往日那个索姆吉。

"你觉得大家晚上会去吗？"庞站起身来，身体有些僵硬，"我的意思是，不止我们认识的人，还有向恩派报名的其他人。你还记得吧？她认为能有一千人参加游行。"

"呃，实际上更有可能是九百九十九人。"

"啊？"

索姆吉把沾满油渍的掌心在裤子上擦了擦，随即站起身来。他把手伸进裤袋，掏出一张纸递给庞。

"这是什么？"

"边境通行证。我还为你备了一艘船。别担心，不是粉红色的出租船，而是一艘加强了马力的快艇。"索姆吉朝自己竖起大拇指，"你的好兄弟改造的，诚意满满。"

庞翻转着通行证看了一会儿，把它递还给索姆吉。"谢谢，但游行结束之后再给我吧。"

索姆吉又把它塞给庞。"你不能去游行，"他坚定地说，"今晚你不能去那座桥上。那里可能会有警察。如果他们检查，你会被带回监狱。"

"那你呢？"庞说。

"他们不能因为我和朋友们一起在路上走就逮捕我。"

庞对着地上那堆灯球扬了扬头。"那光球呢？你制造了光。"

"这不违法，至少现在还不违法。"索姆吉收回笑意，又严肃起来，"好了，伙计，你知道这是两码事。即使我真的被逮捕也只是暂时的。但如果你被抓住了，那就永远别想出来了。"

庞又端详了一会儿通行证。索姆吉说得没错，如果他走上那座桥，还不如直接去警局自首来得痛快。

"我知道你想去，"索姆吉说，"但你已经做了很多——比你需要做的还多。现在是离开这座城市的最佳时机。因为游行，警察会被分散注意力。"他吞了吞口水又说，"如果恩派还活着，她也会让你离开的。"

庞点了点头。确实是这样，他真的得走了。

索姆吉的嘴唇拧巴着动了动，欲言又止的时候他就会这样。两人今后或许再也见不到了，如果庞想对他说些什么，必须马上说。

"对不起。"庞脱口而出。

"没事，"索姆吉说，"就像我刚刚说的，但愿所有答应游行的人都能——"

"不，我不是这个意思。"庞深吸一口气，继续说道，"我把你留在了南原，对不起。"

索姆吉拧巴着的嘴唇僵住了。"啊?"

"我逃掉了,把你一个人留在那里自生自灭。我没想过你,也没想过如果没有我你的生活会变成什么样子。老实说,我什么都没想过,真的。"庞不假思索地一股脑说了出来,"我出去了,你却不得不留下来。那样……那样不公平。我恨我自己。你恨我也没关系的。"

索姆吉盯着庞,一侧鼻翼皱起来,上唇向上翘着,好像在寻找某种臭味的来源。"你说什么鬼话呢?"

庞有点恼火。说出这一切已经够难的了,索姆吉非得把事情搞得更难。

"我逃跑的那天,"庞叹了口气说,"把你丢下了,而且——"

"你把我丢下了?"索姆吉摇了摇头,"你没有把我丢下,那是我设计好的,你还记得吗?"

庞眨了眨眼。"什么?"

"你的意思是,一直以来你都认为你是凭一己之力逃出去的?"

这会儿轮到庞一脸迷茫了。"呃,我……"

"老实说,你真的以为那是个巧合吗?我趁狱警没在旁边的时候让你帮我收榴梿壳?"

庞又眨了眨眼,努力回忆那天的情景。他想起索姆吉奇怪的咳嗽和可疑的挑眉毛动作,直到现在他才意识到不对劲。

"但你从没告诉我……我们根本没讨论过……"

"好了,伙计,我们不能在狱警面前讨论。但我给了你暗示!"索姆吉又挑着眉咳嗽了几声,神情可疑,又意味深长。他扯起嘴角露出一个微笑。"你在垃圾篓里待了那么久,难道我不知道你在哪儿吗?是我把盖子盖紧的,就是为了防止它掉下来!是我眼看着垃圾工停靠在码头边,把你放进船里的。是我一直守在旁边,确保没有狱警起疑心,不会有人阻止你离开。"

"你……做了这一切?"庞说。

索姆吉郁闷地皱起眉头。"是我做的。我很后悔,我没想到从南原逃跑会有那么严重。直到你走后我才意识到,你如果被抓住,会坐一辈子牢。"索姆吉看着庞,咬着自己的下唇,"只是那时你看上去太痛苦了。你好像变了个人。你太想出去了。我知道现在这样说一点意义都没有,但我当时想的是,如果留下来,你会死在监狱里。我以为自己是在帮你。你走后的那些年,我很想知道你怎么样了。我幻想着你也许已经越过边境,或者出海了。但那晚你出现在运河里,我看到你手臂上的印记的时候,我才意识到自己做的一切其实害了你,你的余生都将在逃亡中度过。需要被原谅的人是我,不是你。"

庞僵在原地,不知道该说什么。

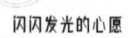

有人敲了敲墙,是马克。他站在门口说:"索姆吉,你都弄好了吗?我带人来把东西搬到屋顶去。"

索姆吉看了看庞,随后对马克说:"嗯,再等我一小会儿,我跟你们一起。"

马克点了点头,离开了。

索姆吉低头看着庞手里的边境通行证。"我想我们都想要跟对方说抱歉。扯平了,好吗?"

"我不知道,"庞说,他撇了撇嘴,"有一件事,我想我永远释怀不了……"

索姆吉抬起眉毛,有些忧心。

"你让我坐在一篓子烂榴梿壳里。"庞说。

索姆吉咧嘴笑了。"有那么糟吗?"

"我吐在自己裤裆上了,两次。"

索姆吉仰头大笑。他用手肘把庞推到一边,又伸出胳膊环住他的肩膀。两人拥抱了一下,简短而笨拙。

晚些时候,庞踏上那艘等待着他的小船。他后悔自己没有跟索姆吉好好告别,没给他一个像样的拥抱。

但现在已经晚了。河流将他带往南方,他无法抵挡那股流势,即使他很想抵挡。

第39章
在边境处

巴攀先生双手撑在桌子上，身体左右摇摆，好拉伸脊柱。对他来说这是漫长的一天。办公桌一角放着两摞文件，晚上离开之前，他还得把这些文件誊写到边境管制记录册上。其中一摞记录了当天所有从查塔纳府北部边境离开的人，另一摞则记录了所有入境的人，第二摞是第一摞的两倍高。

巴攀伏在桌子上，透过面前的方形小窗向外看了看。他感激地叹了口气。谢天谢地，只剩一个人要受理了。

"下一个！"他喊道。

一个看上去十二三岁的女孩走到窗口前。她放下背包和手杖，将自己的通行证塞进玻璃下面的狭槽。

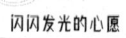

"下午好,"巴攀说着,翻开她的证件,"你准备去哪儿?"

"去兰纳布里,先生,"女孩回答,没有和他对视。

巴攀视线越过她,看向等候室。"你一个人吗?"

女孩一直低着头,黑色短发垂在脸颊上。"是的,我的妈妈和兄弟姐妹们提前出发了,他们在渡口码头等我。"

这会儿,她抬起头看向巴攀。巴攀发现她的眼睛又红又肿,好像是哭过。她看上去有些不安,手指搓着左手袖子。情况有点可疑,但她的通行证确实没问题,而且之前有过出入境记录。另一方面,巴攀早就想下班回家了。

他开始翻看女孩的证件。这时,一个总被大家喊作"矮冬瓜"的女同事坐到旁边的椅子上。

"你还没走呢,巴攀?"矮冬瓜问道,嘴里的口香糖弹了个响,"该关门了,你不觉得吗?"

"可不是嘛,"巴攀说,"今天居然有这么多人入境来查塔纳!比以往几个月的人数都多。"

"真的吗?为什么?"

"呃,各种各样的入境理由。但我知道他们实际上是来干什么的,因为他们都戴着黑色臂纱。"他把声音压低了些,"他们要到城里去,为了游行。"

矮冬瓜瞪大眼睛,一脸钦佩的神情。"真的吗?但我听说那个领头的女人,那个叫恩派的,被杀了。"

巴攀点了点头。"因为那场大火。太惨了。你能想象吗？如果火灾失控，没准儿巨焰会再次上演。"

矮冬瓜缓缓吐出一口气。"难以置信。不过，没有了她，人们还会游行吗？"

"我猜会的。"巴攀耸了耸肩，继续翻看女孩的通行证。翻开，盖章，翻开，盖章。

矮冬瓜挠了挠后脑勺问："你要去参加游行吗？"

巴攀盖章的手停顿了一下。"开什么玩笑？我可不想惹上麻烦。被捕了我就会失去这份工作！喝西北风呀？"

"呃，你不会因为走过一座桥就被逮捕的，"矮冬瓜靠在椅子上说，"只要不造成任何麻烦，就不算违法。"

"目前还不算罢了。"

"什么意思？"

巴攀靠向矮冬瓜，低声说："我今天早上在总局无意中听到的，府尹正在镇压这件事。火灾发生后，他别无选择。他正在修改法律，把游行定为犯罪活动。如果有人敢去那座桥上，会直接被投进监狱。"

矮冬瓜向后一倒，一脸震惊。"他可以这么做吗？"

"呃，你知道的，他想做什么就做什么。"巴攀说着，在通行证的最后一页盖了章，"我们只能凑合着过下去。现在……嘿，她去哪儿了？"

一直站在窗口前的女孩不见了。巴攀倾身向前,朝等候室的方向喊道:"小姐?你在吗?小姐?"

"呃,很奇怪吧?"他说着,又坐了回去,"她走了,我一点动静都没听到。"

第 40 章
真相浮现

庞准备离开查塔纳时天色已经不早了。他熬了一整夜帮忙处理灯球的事，又睡了几个小时。然后他猛地惊醒，意识到该出发了。他急得满头大汗，但又不得不等待鲻鱼头把船带到一个安全的地方与他会合。开启发动机时已是下午。

庞加快速度，试着按照索姆吉教给他的方法操作船只。谢天谢地，这玩意儿没有多复杂。这是一艘长尾船，发动机、魔法球和船舵都连接在同一根船柱上。庞可以坐在船尾同时操作所有部件。一开始庞有些担心，好在河道上几乎没什么船。

他已经做好随时被警察拦下的准备，但到目前为止这样的事还没有发生。事实上，河道上根本没见有警用船只，这很不寻常。索姆吉说得对，警察专注于其他事情。

庞穿过城市边缘，途径最后一个能量站，从冷清的河畔村庄旁边飞驰而过。他的船绕过一道弯，然后又是一个弯。此刻暮色四合，夜晚即将来临。河道渐渐变窄，河岸也变高了，成了深色的石灰岩壁，因为过于陡峭，植物无法在此生长。

河道一会儿向右转，一会儿又转回左边，庞紧张地屏住呼吸。他关掉发动机，船尾猛地翘起，接着缓缓滑行，停了下来。庞抬头望去，高耸的塔纳布里山隐约可见。他根本不记得去海边的路上会经过这座山。

上方的洞口像一个深不可测的黑色大窟窿。那尊佛像就在洞内的某处，等待着新一天的太阳。庞盯着他逃离追捕的那处"跳台"——这是两个星期之前的事，感觉却像是过了很久很久。

视线循着山路向上望去，停在丛林间的某处，庞知道那是瓦辛寺坐落的位置。过去的几周，庞常常想起占方丈。他已经接受了占方丈去世的事实，然而此刻仰望高山，庞又一次陷入悲伤。

他关掉船头灯，离开座位跪了下去。这里水面平静，船轻轻晃动着，萤火虫的光点在周围时隐时现。庞双手合十，做了一件离开寺庙后从未做过的事：祈祷。

他努力感知着占方丈的灵魂。老僧人赐予的祝福终于要实现了,庞即将得到他一直渴望的东西:自由。

再过几公里就是海边。再也不必躲藏,不必恐惧。

但庞什么感觉也没有。河流在前方与后方延伸开去,四周空空荡荡。岸边的树蛙聒噪着,但它们的歌声太过呆板,无法给人安慰。庞感到非常孤独。不对,不应该是这样的。

他抬起左手,右手握紧红色的编织手环,然后他闭上眼睛,深吸一口气。"占方丈,"他低声说,"您给我的祝福快要实现了。我即将得到我一直寻找的东西。"他屏住呼吸,还是什么感觉都没有。庞叹了口气,睁开眼睛。

夜色茫茫,漆黑一片。

庞眨了眨眼,环顾四周,不管闭上眼还是睁开眼都无所谓了。眼前只有黑暗。夜晚来得这么快吗?萤火虫呢?庞仰头望天,居然连星星也看不到。

他有些不安,摸索着回到船舵旁。正准备开启发动机时,一个白色旋涡在河流上方盘旋。庞一惊,跌回座位上。

白色旋涡发着光,像烟雾一样流动着,但看上去有固态的实体,就像缕缕蚕丝。渐渐地,它变得厚重,旋成一个轮廓在黑暗中飘浮。庞听到自己突突跳动的脉搏声,手臂上起了一层鸡皮疙瘩。

白色的缥缈轮廓定格成一个男人的身形。那人抬起他的

闪闪发光的心愿

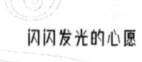

光头——是占方丈,但似乎年轻了几十岁。

那是他中年时的样子,肩背没有弯曲,皱纹也不多,但开朗的笑容一点也没变。庞意识到,自己一定是借助某种方式看到了过去。他的心跳平复下来,聚精会神地看着眼前的一切,比以往任何时候都要专注。

占方丈面朝庞的方向,眼睛看的却是庞身后很远的地方。庞转过身张望,几乎辨不清方向。但他觉得占方丈看的是北方,查塔纳的方向。老人的笑容消失了,脸上充满悲伤和忧虑。

庞顺着占方丈的目光一路望去,只见北方的地平线上有一道跃动的橙色光芒。他知道,自己看到的是另一个来自过去的幻象:巨焰。

北方的黑暗中浮现出一个小小的白色斑点。小东西向庞飘来,经过他的船时,他低头看了一眼,白色斑点旋即变成一个身处篮子中的婴儿形状。篮子漂向占方丈,在他脚边停下。占方丈跪在一旁看着里面的孩子,眼里满是温柔和怜悯。

又一个白色身影从黑暗中走来。他也穿着僧袍,但比占方丈年轻得多——是个面目清秀的见习僧人。

他向占方丈鞠了一躬,占方丈从自己的僧袍里抽出一根手编绳系在他的手腕上。

占方丈轻柔的祈祷声在暗夜里回荡:"愿你把光明带回

查塔纳。"

占方丈系好手环,年轻人转过身来。

他面色平静,眼里却涌动着一股冰冷的力量,庞马上认出了他。

是府尹。

庞注视着一切,试图弄清楚其中的含义。

他想起占方丈去世前曾对他说过的话:曾有一段时间,我还年轻、还没吸取过教训的时候,确实给予过你口中的那种祝福。我想用我的天赋帮助他人,想肃清这个世界上所有的痛苦和折磨。

府尹的幻象从身边飘过,看都没看庞一眼。他向北走去,是查塔纳的方向。占方丈看着他远去,脸上充满希望。但过了许久,老人的表情变成失望,然后是绝望。他跪倒在地,捂住了脸。

但我太傲慢了,仅凭我一个人就能拯救整个世界吗?而且,我的给予也出了问题。

庞惊讶地摇了摇头。原来府尹的魔法是这样得来的。他确实把光明带了回去,但却让那座城市付出了可怕的代价。占方丈无意间给他想要保护的人带去了悲痛。

占方丈的幻象站起身来。他的神情依然悲伤,可并没有颓唐。他凝视着北方。

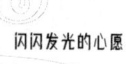

更多白色光点从城市的方向飘来。小小的婴儿经过庞,像光洁的莲花,又像轻声咿呀的小猫。占方丈将发着光的婴儿聚到自己身边,给他们戴上手环。可现在,他的祝福变成了另一种形式:

"愿你在所见的一切间发现奇迹。"

"愿你思维敏锐澄澈。"

"愿其他人习得你的善良。"

随着时间的流逝,孩子们越长越高,成了大人。然后他们也飘远了,有些向南,有些向北,也有人向东、向西。很快,携带着占方丈祝福的人们用自己的光照亮了天地间的黑暗。

庞看向僧人——他老了,变成庞记忆中满脸皱纹的样子,他正在祝福一个小女孩。

"愿你的勇气永不枯竭。"

女孩慢慢长大,可即便成年了,她的身形也没有停止生长。很快她成了山一般高大的巨人。一阵凉爽的微风从南方吹来,吹动她的头发。风拂过庞,他深吸一口气——鼻翼间清甜爽利,像是橘子皮的气味。

庞回头望去,看到恩派的灵魂在头顶耸立。她翻起外套的领子,朝他咧嘴一笑。庞眼里噙满泪水,看着她转身向北,橘子味的微风渐渐远去。她沿着府尹的足迹朝城市阔步走去,每一步都有一百米那么远。

庞凝视着恩派,直至她消失不见。当他转过身来,只见占方丈孤零零地立在黑暗之中。这会儿,老人直视庞的眼睛,慢慢向小船靠近。

庞的心跳又加速了。老人伸出一只手,轻触庞左腕的手环。他什么也没说,只是看着庞,等着庞先开口说话。

庞咽了咽口水,说:"我能找到我要找的东西吗?"

占方丈点了点头,笑了。

庞多么想念这个笑容啊!"你让我寻找我想要的东西,"庞的声音有些颤抖,"我会找到的。这就是你出现的原因,不是吗?因为我马上就要找到了。我在追寻自由,这就是我一直想要的东西。"

可占方丈的反应有些出乎意料。他揉了揉鼻子,低下头,假装对船舱里的污水很感兴趣。还在寺里时,每每不同意庞的观点却想让庞自己弄清楚原因的时候,他就会是这副惹人恼火的样子。

庞叹了口气。即便不在世上了,这个老人依然有本事令他感到挫败。"但这就是我想要的。我想要自由——我当然想。谁不想呢?"

庞大声说了出来。但他心里清楚,这只是他所渴望的一半。

他闭上眼睛,看到自己过往的所有时光回溯成一条蜿蜒的河流,通向一个他永远不愿去想的地方。

闪闪发光的心愿

"南原,"庞低声说,"我以为如果逃得远远的,就可以找到一个更好的地方,我以为外面的世界会不一样。"

即便是此刻,在占方丈的灵魂面前,庞依然能听到府尹曾说过的那些话:这个世界充满黑暗,这一点永远不会改变。而现在,庞知晓了府尹的身世和真相,那些话似乎不再那么有力量了,变得单薄脆弱。庞伸出手在面前挥动,仿佛在拂去蛛网。

"我想要的世界不是这个样子,"庞继续说,"不是查塔纳,甚至不是塔纳布里。我以为只要逃得够远,我就能找到那个完美的地方,那里众生平等,一切都很美好。但是,即使我跑到海边,甚至世界尽头,我也永远找不到那样的地方。它并不存在。"

庞睁开眼睛。占方丈向他靠过来,面庞因期待而绷紧。庞知道自己接下来要说的话很重要,而且必须发自内心。

"黑暗是无法逃离的,"庞低声说,"它无处不在。想战胜黑暗,只能用光照亮它。"

占方丈闭上眼睛,笑开了。他仰头望天,看上去宽慰、喜悦。

"啊,占方丈!"庞喊道,伸手去够老人。但他却像蜡烛的烟雾般打着旋儿飘走了。白烟消失,夜幕降临,庞发现河道上只有自己一个人。

第 41 章
父女重逢

诺克与西沉的太阳赛跑,她要赶紧回到城里。终于,她成功登上当天返回查塔纳的最后一艘客船。她的北上之旅要推迟了,身上的钱也所剩无几,除此之外,她还把通行证丢在了边境检查处。

再次上路时估计要克服很多困难,但现在,她必须去巨人桥。

边境检查人员说恩派死于一场火灾,就在诺克拜访府尹的几个小时之后。这不可能是巧合,而且府尹将以那场火灾为由,对人们进行镇压。

几天前,诺克绝不相信府尹会做出这种事。但现在,她

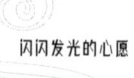

的整个世界都变了。她所知道的一切——关乎府尹、法律,甚至她自己——都是假的。

那一天里,她不知拍了左手腕多少次。得知自己的身世后,她一直处于震惊的情绪中,直至听到恩派的事情,她才终于回过神。

一个女人死了。

如果会有更多人死去呢?或是受伤?或是被关进监狱?府尹曾说过,他会惩罚反对他的人。诺克必须去桥上通知大家,他们还不知道前方的陷阱。

幸运的是,城里的路一点也不拥挤。事实上,诺克往巨人桥去的过程中,运河上、小巷里几乎一个人也没有。这有点诡异,但她没时间去想其中的原因。她匆匆赶到桥上,这里也很安静。通常情况下,桥上会有欣赏风景的游客,卖伞或冷饮的小商贩。但今晚只有零星几个人沉默而警惕地站在栏杆边,像暴风雨前的野兽。

到达桥中央时,诺克停了下来。在桥西端的远处,一个男人踱着步,正用自己的衬衫下摆擦眼镜,一次又一次。一看到他,诺克立刻把原本的盘算抛在脑后了。

"爸爸!"诺克扔下手里的手杖,大喊着跑过去。

爸爸看着她,眼里是激动和困惑。"诺克?"他抱住女儿,把她拉进怀里,"诺克!你在这里做什么?"

诺克曾下定决心永远离开家，可这一刻，她在爸爸的臂弯里，她还是放不下。

"我们一直都很担心你！"他说。他看上去十分憔悴——衣裤搭配得不对，而且皱皱巴巴的，脸上还有黑眼圈。爸爸松开她，拉开一臂距离，鼻梁上的眼镜歪挂着，但他懒得扶正。"这是怎么回事？你的脸怎么了？"

是府尹的警卫把她投进马厩时受的伤。诺克摸了摸脸说："没什么，爸爸。只是擦破点皮。"

爸爸又把她搂进怀里，好像害怕她跑掉似的。"我们听说了你不在塔纳布里的学校，然后在你的训练馆打听消息，但他们说你昨天就收拾东西离开了。你到底去哪儿了？"

"哦，爸爸。"诺克低声说，闭上了眼睛。

"亲爱的，你可以跟我说，"爸爸拨开她脸上的头发，继续说道，"不管发生了什么，你都可以跟我说。"

"我……我犯了一些错误。"诺克伸出左臂，声音颤抖起来，她把袖子往上推了推，让爸爸看她的手腕——原先的疤痕上多了一道印记，"家里只我一个人有，是吗？"

爸爸倒吸一口气，握住她的手臂，手指轻抚她的伤疤和印记。"可是……怎么会……？"

"我去见府尹了。"她指着那道墨水刺出的字母说，"他用魔法把它弄出来了。"

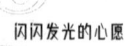

爸爸皱起眉头，瘪起嘴巴，轻蔑地回过头去望了望西岸。"他居然这样！"他咬牙切齿地说，"那他……他把一切都告诉你了吗？"

诺克点头。"嗯，一切，"她低声说，"对不起。"

"对不起？"爸爸捧起她的脸，"诺克，你为什么要道歉呢？"

诺克的泪水夺眶而出，浸湿了爸爸的手。她回答："我只是……我想我把一切都搞砸了。"

西瓦潘法务官将女儿拉进怀里。"哦，亲爱的，你没有搞砸任何事情。你很完美，非常完美，你知道吗？我还记得你出生的时候。看到你的那一刻我就这样想：她很完美。"

"不，我没有，"诺克哭着说，"我想变得完美，但我没有做到。"

爸爸扶住她的肩膀，他的脸上也挂着泪水。"对我来说，"他语气坚定，"你就是完美的。犯错的是我。我犯了许多错误，但你从来不是其中之一。现在我才意识到，我最大的错误就是对你隐瞒真相。"他低头看着地面，缓缓呼出一口气，"很多年前我还是一名律师，和一个在办公室楼下咖啡店工作的女人有了婚外情。这是不对的，我的行为几乎毁了我们家。"他迅速抬起头，看着诺克的眼睛，"我知道你以我为耻。你完全有权利这样做，但你绝不能以她为耻。她是个心地善良的好女人。"

诺克摇了摇头。"她是罪犯，一个小偷。"

"她是被生活所迫，"爸爸说，"而且她没有家人，没人能帮她。她工作非常努力，但这远远不够。有一天，一位顾客把钱包落在店里，她给拿走了。她有她的骄傲吧，所以她不想找我要钱。"他歪过头，用肩膀推了推眼镜，但并没有扶正。"她被捕了，进了南原监狱。后来我终于找到她的下落，就求府尹放了她，但被拒绝了。这就是你在那里出生的原因。"

"可她死了。"诺克低声说。

爸爸悲伤地点了点头。"府尹允许我们带你走，但作为条件，我得接受典狱长的工作。我当然愿意——只要能留下你，他提出什么条件我都会答应。"他握住诺克的手，轻抚疤痕上的印记，"我从来没有后悔让你出生，我只是后悔自己的处理方式。我不应该隐瞒你的身份。"

"但你这么做是为了妈妈，"诺克想了想，又纠正道，"我是说，为了你的妻子。"

"她是你的妈妈，她对你的爱远不止你想象的那样。"爸爸闭上眼睛，片刻后又睁开了，"我伤她很深，但那是我的错，不是你的。不知为什么，她打心底原谅了我。你一出生她就想马上收养你。从那时起，她就像爱自己的女儿一样爱

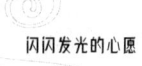

你。她刚刚派了一支搜索队出去找你,还亲自去了一趟塔纳布里。得知你不在那里时,她担心得不得了!"

"但是我们的声誉……家族……"

爸爸叹了口气,转过头看着西岸整洁有序的柚木建筑。"为了孩子,你的妈妈尽了最大的努力。她只是被我们的生存规则限制了。我们都一样。"他又一次想整理自己的眼镜,最后无奈地摘下它,塞进衬衫口袋,没有了那层模糊的玻璃,他刚被泪水洗过的眼睛看上去清澈明亮,"但那些规则是错的,诺克。我们不应该以此为借口做不正确的事。我们爱你,为你感到骄傲。这才是最重要的。"

爸爸紧紧抱住诺克,她抽泣着把脸贴在爸爸的衣服上。他身上除了自己的味道,还有家里厨房的味道,以及妈妈、哥哥和妹妹身上的味道。诺克多想在爸爸怀里就这么睡去,爸爸会像小时候那样把她抱起来带回家,放到小床上。

诺克的脸颊在爸爸衬衫口袋边骨碌着,压到了眼镜。爸爸把眼镜拿出来,在自己潮乎乎的衬衫上擦拭,两人吸了吸鼻子,都笑了起来。"这副破眼镜,我得再——"再次戴上眼镜时,爸爸僵住了。

诺克顺着他的目光看去,发现周围来了很多人。

"我们还有很多事没聊,诺克,但现在不是时候,"爸爸低声说,"现在你得回家,在家里等我。这里不安全。"

诺克这才想起自己回查塔纳的原因。她用袖子擦干脸颊，说道："爸爸，我有事要跟你说。今晚桥上会有一场游行，是和平的游行，但府尹想要镇压，他会逮捕所有人。"

爸爸站直身体，显得很吃惊。"你怎么知道？"

"爸爸，你必须阻止他！这是不对的！"

爸爸摇了摇头。"诺克，府尹不到一个小时前找过我，要求我修改法律，这样他就能像你说的那样行动了。"

"那你是怎么做的？"诺克屏住呼吸。

"我……说实话，我不知道该怎么做。"他低头看了看自己松垮的袜子，"我不是一个合格的法务官，诺克。一个优秀的官员会马上给他明确的答复。我本应引用一本巨著，或是援引一些历史经验。但出于某些原因，我的大脑一片空白。府尹十分相信自己的判断。关于这次游行以及法律，他说得越多，我就越是糊涂……"

"哦，爸爸……"

"但我就是做不到。我知道，如果我按他说的做，就再也不能在我孩子面前抬起头来了，所以我拒绝了他。"

诺克紧紧握住爸爸的手。"你做了正确的事！"

"也许吧。但这并不重要，他解雇了我。"

"什么？！"

爸爸点了点头。"还有其他一些官员。我算幸运的了，

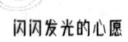

没被关进监狱。府尹无论如何都要修改法律。他正在失去对城市的掌控，所以他铁了心。你马上回家，这里会很危险。"他小心地指了指站在周围的人。"看到那些人了吗？他们都是便衣警察。我怀疑府尹本人也会带上他的私人警卫队来这里。我不知道他会做什么。我很担心。"

诺克终于意识到为什么桥上的人看上去那么古怪了。他们穿着差不多的衣服，就好像从同一个戏服箱里拽出来的。诺克甚至瞥见一个男人的外套下面微微露出一截手杖。

一阵柔和而有节奏的咚咚声从东边传来。声音越来越大，越来越近。过了一会儿，诺克意识到了那声音是什么：数百人的脚步声。

桥上的警察鱼群般聚到一起，开始脱便服。

"好吧，开始了，"爸爸说，"你必须回家，还有——诺克！你在做什么？停下！"

诺克穿过警察队伍，捡起自己的手杖跑了起来。黑发在身后嗖嗖甩动，她径直冲进了游行队伍。

第42章
小船疾驰

小船的螺旋桨一头扎进水里，向北疾驰，庞希望它能跑得再快些。胸口有些疼，他好像已经很久没做过彻底的深呼吸了。胸腔里那个盒子已经坍塌碎裂，肺叶间有一段旋律怦怦跳动——是那颗火热的、生机勃勃的心脏。

这种感觉很奇怪，而且并不陌生。他以前也有过这种感觉，是在几年前，在他遇到府尹之前。那时候还没有人告诉他这世界充满黑暗，而且永远不会改变。

他被这些话锁进牢笼，关了许久。现在他终于明白这种说法有多么可悲和残酷。如果相信了这些，那便只有法庭、法官、规则和监狱能让这个世界变得有意义。它们都是维持

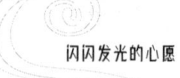

城市秩序的东西，让人们循规蹈矩。但就其本身而言，它们并不能把世界变得更好。

占方丈很清楚这一点。即使在府尹身上做出了错误的选择，他也从未放弃创造美好世界的愿望。他不再借助祈祷或魔法，只是将一丝和风吹向人们心中的火苗，让他们去外面的世界成就非凡的事业。

庞想起占方丈经常对他说起的那句话："你有一颗美好的心灵。"现在，这句话终于不像谎言或口误了。生平第一次，庞相信了它。

他又深吸了一口气。即将要把府尹的秘密和他与占方丈的关系告诉别人，他感到既激动又害怕。他会告诉索姆吉和马克，他们会一起想办法与府尹谈判。庞会描述自己在河上看到的景象，并说明占方丈绝不希望事情变成现在这样。如果提及占方丈，府尹应该会听进去吧，他可以拿出自己的手环做证。

但他能及时赶到桥上吗？船尾已经沉进水里好大一截，但还是太慢了，庞甚至还没看到城市的灯光。按照这个速度，等他抵达城区时，游行可能已经结束了。

他关掉发动机，将系船柱抽离水面。啊，为什么他就搞不明白这堆机器的原理呢？他用掌根拍了拍发动机侧面，有些沮丧。

"啊！"他倒抽一口凉气，拇指下面的嫩肉一阵剧痛。他揉了揉擦伤处，另一只手摸索着发动机光滑的外壳。那里有一块凸出来的方形金属片。

是一个开关。庞将它翻到一边，船重新启动。这一次，提供动力的是一颗更大的魔法球，玉石色的强光差点把庞的眼睛闪花，发动机的嗡嗡声比之前更响了。

船尾沉回水里，船身像离弦的箭一般射出去，在水面疾驰。这就是索姆吉口中的"强马力模式"。

疾风扫在脸上，将庞眼角的泪水甩进幽暗的河里。他紧紧抓住船尾，祈祷自己一会儿能够头脑清晰，有勇气说出该说的话。

第 43 章
灯球熄灭

诺克将手杖紧紧抱在胸前,她挤过熙攘的人群,观察路过的每一张脸。人太多了,大家摩肩接踵,将整座桥挤满了,而且仍有更多人涌来。肯定有好几千了!

诺克眼角挂着泪,她沮丧极了。她对所有事、所有人的看法都错了,但对其中的一个人,她错得最为离谱。

"打扰一下,"她询问那些紧挨着自己行进的人,"我在找一个叫庞的男孩。你认识他吗?"

"庞?"一个提着金色光球灯笼的女孩回答,"他在那儿。"

诺克屏住呼吸,但女孩指的是一个长发少年。"我要找的是另一个庞。"诺克说。提灯的女孩继续行进。

不可能找到的,她连他姓什么都不知道。

"你认识一个叫庞的男孩吗?"她一遍又一遍地问,"你们认识他吗?一个和我差不多大的男孩,留着光头。"

"哦,太好了,"诺克身后传来一阵咕哝声,"这种杆子再好不过。"

诺克转过身,看到一群手拿挂着金色灯球的长杆的人。索姆吉站在人群中间,正在为一个抱孩子的女人调整灯球。他看向诺克,眼里充满敌意。

"好了,"他扭了一下球上的两根铜线,对抱孩子的女人说,"只是接触不良。现在应该没问题了。还有谁的灯球要修理吗?没事,你们的都没问题……你的没事……你的也可以,快走吧。"

人群继续行进,但他留在了原地,瞪着诺克。

诺克看着那些手举灯球的游行者,内心惊愕不已。现在她才意识到,每十几个人中就有一个举着金色的灯球,这太奇怪了。她挤到索姆吉边上问道:"你们从哪里……你们是怎么弄到这么多金色灯球的?"

"我们没有偷,如果你是这个意思的话,"索姆吉没好气地说,"是我们做的。"

诺克没明白,但她没时间请他解释。"庞跟你在一起吗?"

索姆吉眉头皱得更深了。"跟你有什么关系?"

"拜托,这很重要。"她抓住索姆吉的胳膊,"我想帮他。"

索姆吉皱着鼻子,似乎在考虑该不该相信她。"你最好别打什么歪主意,"终于,他说,"庞不在这里。今天下午他离开了。"

"离开了?"

"是的。你能放开我了吗?"他猛地把胳膊抽了出来。

诺克一个趔趄,向后退了半步。索姆吉仍然瞪着她,好像恨她入骨似的。"嗯,听到这个消息真好,"她说,"因为这座城市的所有警察都在桥的另一边,如果他被抓住,就只能在监狱里度过余生了。"

索姆吉脸上浮现出一丝焦虑。"所有警察?"

"他们要逮捕今晚所有参加游行的人。"诺克压低声音,以免引起恐慌。

"他们不能这么做,"索姆吉说,"你看,大家没带任何武器。我们没做错什么!你可以让你爸爸把那些警察都叫回去。我们是来表达意见的,不想制造任何麻烦。"

"你不明白,"诺克说,"府尹想让我爸爸修改法律,这样他就能逮捕你们了。我爸拒绝了,但他解雇了我爸,还是修改了法律。今晚,府尹计划把这座桥上的所有人都送进监狱!"

诺克一边说,一边望着声势浩大的游行队伍。她知道把所有人都送进监狱是不可能的,但她也知道府尹下了多大决心。后背传来一阵惊恐的战栗——如果发生暴力事件怎么办?府尹会怎么做?

"听着,你得离开这儿,"她对索姆吉说,"我担心会发生不好的事。你会陷入危险。"

索姆吉低头看了看自己的灯球,又看了看周围的人群。"我不能走。我们为这件事付出了这么多努力。你看,来了这么多人,大家真的来了……"

就在这时,一阵凉风从南面吹来。索姆吉和诺克都深吸了一口气。微风里有一股气味,诺克似乎在哪里闻过:清爽明亮,很像橘子。索姆吉回过头来看她时,脸上的忧虑已经消失了。

他又一次深呼吸,对她点了点头道:"听着,谢谢你的提醒,但我不会离开。我们要完成这个计划。"

索姆吉擦着她的肩膀走过去,涌进人群,向桥中央行进。

"等等,等一下!"诺克转过身,七拐八拐地挤进游行队伍里,从人群的缝隙间开出一条路。

人流将她推到桥中央,几乎到了游行队伍的前线。她寻找着索姆吉,但到处都找不到。前方灯球闪烁,在警察制服的纽扣上反射出光芒。但警察一直没有靠近人群,他们似乎在等待着什么。

闪闪发光的心愿

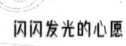

　　警察身后,西岸大宅的百叶窗一个接一个地拉上,那些漂亮的金色灯球也尽数熄灭。诺克看着这一切。她知道,无论今晚桥上发生了什么,西岸的人都不想看到。

　　浩浩荡荡的游行队伍一直保持着平稳的交谈声。有人开始唱歌,歌声在人群中荡漾开去。接着,歌声和交谈声都停了下来,前方传来惊恐的低语,逐渐向队伍后方蔓延。

　　"他来了!"

　　"我看到他了!"

　　"是府尹!"

第44章
奋不顾身

庞终于回到城市里。因为长时间紧握着索姆吉改造的超级发动机，他的指节震得发麻，紧紧咬合的后牙床有些发痛。举目望去，只见阴云密布，好似要坠下来一般——这是大暴雨即将来临的征兆。有那么一瞬间，庞希望大雨马上下起来，这样人们就能留在家里，或是离开巨人桥了。但空气间仍然是干燥的味道。今晚不会下雨。

城市的灯光反射在云层上，周围很亮，不需要开启船灯。庞右手掌舵，左手则拿着通行证。他想提前准备好，以防被警察拦下来盘查，但他没看到任何警船。事实上，河道上几乎没什么船。庞到达一处垂钓码头，这里一个人也没

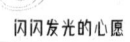

有，码头和河边人行道也空空荡荡的。餐馆露台上播放着音乐，但餐桌前没有食客。人们都去桥上参加游行了？

庞驾船继续往前，这才意识到为什么一路上都没看到过警船——城市里的所有警船都在前方，它们首尾相接，形成一面横跨整条河的路障。庞关掉发动机。他看着前方，不知该怎么做。

如果想及时赶到桥上，他得再行驶一段。如果把船停靠在这里然后步行穿过城区，花的时间就太长了。他深吸一口气，开启发动机，调至刚才一半的功率，慢慢向"路障"靠近。

庞本以为警船上会有很多警察，但它们只是在水面微微晃动，列队停在那里。

"喂？"庞喊道，"有人吗？喂？"

没有人回答。

庞调整方向，沿着船队滑行，打量着所有警船的外壳。玛尼警官询问索姆吉关于他船的发动机问题的那晚，庞记下了那位警官的牌照号码。

找到了。那条船拴在一艘双层的巡逻船上，正徒劳地颠簸着。"有人吗？"庞冲着巡逻船喊道，"有人在船上吗？"

巡逻船上的聚光灯啪的打开，转到庞的方向，强光直射进他眼睛里。"嘿！那个长尾船里的家伙！"一个女人的声音传来,"禁止通行!你要么把船停进码头,要么等到天亮再走。"

"请让我过去吧。"庞喊道。

"你不明白'禁止通行'是什么意思吗?离开这里,立刻!"

庞挡住直射眼睛的强光。"求你了!"他又喊道,"玛尼警官在吗?我要和他谈谈!"

"哦,哦,"女警察说,"你们这些瘦猴叫花子。改天再去找他讨钱吧。现在,赶紧滚开!"

聚光灯移开了。庞叹了口气。没时间了。这是他唯一一次真心希望得到警察的注意,可对方却让他滚开。

庞的手指颤抖着轻触左手腕上残破的手环,绕了一圈又一圈。突然间,庞想起占方丈说过的话:我不会为你抹掉印记,万一有一天你需要它呢?

庞深吸一口气。"等等!"他冲着巡逻船喊道,"我是个逃犯!从南原监狱逃出来的!我想自首!"

片刻后,聚光灯又照回他的脸上。庞眯起眼睛,高举自己的左臂。他拉起手环,露出手腕上的蓝色印记。"我是逃出来的,看到了吗?"他喊道,"我要自首,但我只向玛尼警官自首!你最好把他找过来。马上!"

"呃……呃……"那个女人结巴起来,"好的,别动!就待在那儿……我以法律的名义!玛尼!"她喊道,"玛尼,你赶快过来!"

砰砰的脚步声传来,有人急匆匆地跑到甲板上,接着上了楼梯。

"好了,好了,冷静点。"聚光灯后方传来一个熟悉的声音,"急什么——索姆吉的表弟?这到底是怎么回事?"

"拜托了,"庞垂下手臂说,"我真的得跟您谈谈。"

玛尼下到巡逻船后面的平台上,伸出一只手。庞把长尾船的绳子递给他,玛尼将小船拉近,拽了庞一把,将他拖到巡逻船平台上。

"好了,我来处理吧,"玛尼扭头对另一名警察说,"你去旁边那辆运输船上等我。一会儿我就把犯人带过去。"

另一名警察点了点头,翻过甲板栏杆,爬上一艘在玛尼那艘船边晃动着的小船。

玛尼低头看着庞的左手腕,摇了摇头。"那是……?"他的目光游移到庞头顶一厘米多长的发茬儿上,伸出一只手捂住自己的眼睛。"啊,开什么玩笑。你就是那个僧人吗?那个大家都在找的罪犯?"

庞点了点头。"是我。"

"你表哥在哪儿?"玛尼问道,"索姆吉呢?"

"这就是我需要您帮助的原因,"庞急切地说,"我得去找他,但被这个路障挡住了去路。"

"不，他不在城里，"玛尼摇了摇头，"他今天早上离开了。我给了他一张通行证，好让他顺利出城。"

"您是说这个？"庞举起手中的纸质文件。

玛尼张大了嘴。"这……？他本应该利用这份文件躲几天的！我告诉过他，像他这样的孩子留在城里很不安全，这里即将变得十分危险。"

"什么意思，危险？"

玛尼回头看了看，随后压低声音道："府尹已经派出警察和他自己的私人卫队去巨人桥和游行者对峙。根据命令，游行者都得被逮捕，但我觉得他们没预料到会有那么多人到场。我刚刚在东岸边观察了一会儿，到处都空空荡荡。他们不可能逮捕那么多人！监狱也容不下那么多人。我不知道他们会做出什么，但我有一种不好的预感。"

庞的胃里有些抽痛。"玛尼警官，索姆吉和游行者在一起。他今晚会去桥上，可能会惹上麻烦。"

玛尼摇了摇头，感到困惑，随即问了庞一些问题。过了一会儿，两人听到微弱的音乐声。他们一动不动地听着——是人声，成千上万的人一起合唱。庞通过旋律辨别出来，那是一首流行情歌，但被人们改了歌词。

"牵起我的手，哦，兄弟姐妹们，牵起我的手，与我同行……"

声音来自远处,但越来越近。歌声和着鼓点——不,不是鼓点——是几千人游行的脚步声。

庞回头看向玛尼。他用拇指搓了搓自己的印记——但愿他赌对了,否则一切都完蛋了。

"您知道索姆吉是怎么形容您的吗?"庞说,"他说您总是做正确的事。如果他说得没错,那么我需要您的帮助。我要去那座桥上。这件事情过去之后,我会向您自首,您可以把我关进邦拉监狱。我保证。"

玛尼低头看了看庞的手腕。"没用的。你阻止不了今晚的事。府尹本人也会去那里,你阻止不了他的,没人能阻止他。"

"求您了。就把我带到桥上吧,让我试试。我是唯一有机会阻止这一切的人。"

玛尼露出为难的表情。人群的动静越来越大。"你怎么这么肯定?"

庞摸了摸手腕上红金相间的手环。"我只是有一种直觉。"

玛尼叹了口气。"走吧,"他说着,踏上通往巡逻船舱室的台阶,"孩子,你该庆幸我是相信直觉的人。"

第45章
自己的光

诺克紧握手杖，手心有些出汗。怎么办？要离开吗？还是去桥的另一边找爸爸？这就像一场没有做好准备的考试。

警察队伍让出一条路，府尹走到前面，身后两侧是他的警卫。和警察一样，警卫们也带着长长的木棍，腰间的绑带上挂着匕首。

府尹径直走向前，人群安静下来。他身穿一件洁白的长袍，丝质布料垂在脚边，跟着他的步子如涟漪一般荡漾。眼看着这么多人手持金色光球，他面不改色，即便感到震惊，也并没有表现出来。他的表情平静克制，冷静地扫视着游行队伍，就这么看了好一会儿。诺克觉得周围的人好像连呼吸都忘了。

府尹终于开口说话，声音在肃杀的空气里回荡。"市民们，我不知道是谁说服你们无视法律聚集在此处，但现在，这场愚蠢的闹剧该结束了。"

这时候，一个戴着眼镜、系着服务员围裙的矮个子男人从游行队伍中走了出来。诺克看到，索姆吉就站在那人身后。

"府尹大人，"眼镜男说，"我们是在……在我们权利允许的范围内发起游行的。我们前来传递一个信息。"他向人群点了点头，"我们正在遭受苦难。多年来我们一直生活在阴影中，越来越穷困，您制定的法律给我们造成了难以承受的负担。我们来到这里，是想请您……是想提出……要求，支配我们的法律是时候做出些改变了，对此我们有发言权。"

诺克看得出那个矮个子男人已经很努力了，但他并不是一个自信的发言人，他颤抖的声音似乎给了府尹更多优势。

"如果你们这么在意法律，"府尹说道，"那你们应该知道，此时此刻你们正在违反法律。"他对身后的警卫打了个手势，后者拿出一沓文件高高举起。府尹指着那份文件大声说："我已经颁布法令，一切反对我的游行都会对这座城市构成威胁，参与者将受到最严厉的惩罚。"

担忧的嘀咕声在人群中传开。"最严厉的惩罚？"人们互相询问，"什么意思？被关进监狱吗？"

游行队伍不安起来,但没有人离开。

府尹走近,失望地看着人群,就好像他们是不听话的宠物。

"好好想想你们的要求吧,"他对人群说,"你们真的想回到以往那没有秩序和光明的日子吗?想必你们还记得火的危险。还是说你们已经忘记了这座城市的人被灰烬吞没、在污泥中死去的样子?"

府尹继续说着,向人们讲述巨焰的恐怖。他低沉的声音回荡着,冰冷的眼神在人群间游移,在一张又一张面孔上稍作停留。人们情不自禁地被他可怖的描述所吸引,聆听着关于过往的黑暗岁月。诺克和其他人一样入了迷,直到被一句话打断注意力。

"法律是光,而光只照在有价值的人身上……"

又是那句话。

此前她一直在这些字眼里寻求慰藉,但今晚,她仿佛第一次听到这话,而且听上去漏洞百出。

诺克一直都在追寻那道所谓的"光"。她觉得如果自己各方面都很完美——成为最好的格斗士、最好的学生、完美的女儿,一切皆完美——就有资格得到那道光。但她完全想错了。府尹也是如此。

诺克扭头看向周围的人。光球发出的柔和光亮照在人群脸上,看上去就像他们自己在发光。这让诺克想起那本关

闪闪发光的心愿

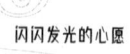

于手杖格斗历史的书里所说的:每个人内心深处都有一点火光。

诺克解开制服袖扣,将袖子卷到肘部。多年来,她那瘢痕交错的小臂一直用衣袖遮着,这会儿被光球的金光一照,显得十分苍白。

"违抗法律的人,"府尹严厉地说,"就是与黑暗为伍。市民们,请你们看看你们的队伍里都是些什么人。罪犯,乞丐……"他朝那个戴眼镜的矮个子男人冷笑一声,"看看策划这场阴谋的人,看看吧!"他指着门窗紧闭的西岸大声说道,"为了反对你们,西岸遵纪守法的市民们关上了自家门窗。但凡你们的诉求有任何可取之处,为何没有好人的支持?"

"有!"

人群惊呼,不约而同地转过身来。

"有!"诺克又喊了一次,她挤到队伍最前方,大步走到桥中央,站在府尹和人群之间的空地上。几千双眼睛注视着她。

"诺克!"警察队伍后方传来一个声音。诺克的爸爸冲上前来,但被府尹的警卫拦住了。"让我过去!"他喊道,奋力挣扎,试图挣脱,"那是我女儿!诺克!"

诺克听到身后的人群小声嘀咕:

"那是法务官的女儿!"

"西瓦潘法务官?"

"是的,是的!就是她!"

府尹一动不动地立在原地,只有眼睛在动,像猫一样盯着诺克。

诺克站稳,缓缓将手杖摆到身前,做出手杖格斗的起势动作。

人群不约而同地发出抽气声。府尹的警卫队手持棍杖,也做好了战斗准备。所有人都知道技术娴熟的格斗士有多厉害,而听说过诺克·西瓦潘的人也知道她的技术有多娴熟。

诺克看向府尹冷冰冰的眼睛。

"这座桥上的每个人都是有价值的,"她说,"而且,我们已经找到了属于自己的光。"

诺克直视府尹,弯腰将手杖放在脚边的石板上,接着慢慢向后退去,直至退到游行队伍的最前方。人们震惊地看着她。

"嘿,嘿,诺克。"旁边有人低声唤她。

诺克转过头,是索姆吉。他对她笑了笑,递来一颗缀在绳子上的金色光球。诺克接过,举了起来。人群中每个手持光球的人都将其高举起来。

警察们相互递了个困惑的眼色,最后向府尹寻求指示。

他怒不可遏。随后他举起双手，桥上的气氛变得更加紧张。

"你们觉得不再需要我了？"他冷静地说。

府尹声音里冰冷的自信令诺克感到战栗。

"你们想回到以往的生活？好吧。"

他一只手向东挥去，扫过城市的霓虹。他张开手指，手臂颤动。空气变得稀薄，温度开始下降。随后，他手指一合，紧握成拳。

一瞬间，东岸的所有灯球都灭了。

第 46 章
冒险一试

玛尼关掉船头灯和发动机,让船滑行到巨人桥的一根石柱下面。"那里有个梯子,看到了吗?"他指着石柱上剥落的雕像说道,"它没有通到顶,但差得不多。如果你能爬过最后一米多的距离,就能翻到上面去了。我会留在下面盯着,确保没人看到你。"

庞扭过头,伸长脖子望了望桥顶。"好的,"他强忍住从胸口腾起的晕眩感,说道,"我开始了。"

他挥动手臂,从船上跳到石柱上,双手抓住梯子。金属梯子生了锈,很容易抓紧。他还把凉鞋留在了玛尼船上,因为光脚能更好地扣紧粗糙的金属。这座桥远没有之前跳崖的

闪闪发光的心愿

那处岩壁那么高，但庞还是不想往下看。他爬过饱经沧桑的舞者雕像，想象她们正与自己耳语，借此分散注意力。继续，她们说，就要到了。

快爬到顶部时，庞放慢了速度，在脑海里排练即将要对府尹说的话。可他没有时间理清那些话，因为桥上正在发生一些事情。

有人在说话，语调低沉。是府尹。但他在说什么呢？庞听不清楚。

他加快了攀爬速度。

府尹的声音停下。一个女孩的声音突然响起来："有！"

桥上的人群齐声惊呼。一定是发生了什么。到底怎么了？那个女孩又说了些什么，但庞听不清楚。

已经爬到梯子顶端。庞往下看了一眼——他很确定玛尼警官没有离开，但除了幽暗的河水，他什么也看不到。

府尹的声音又一次传来，很短暂，然后他看到了从未想象过的画面。

查塔纳的灯光消失了。

庞目瞪口呆地望着东岸，整条河岸一片漆黑。人群在桥上呼喊，然后他听到城区方向传来痛苦的哀号。

一阵恐惧的战栗袭遍全身。他得快点。

桥两侧只有为数不多的灯球还亮着，加上游行队伍手持的金色灯球投下的光亮，庞刚好能看清攀爬位置。他踮起脚尖慢慢站起来，伸手去够桥栏杆，接着拼尽全力把自己拉了上去。

庞顿了顿，露出半张脸向上打量。这个角度刚好让他藏在阴影里，又能看清桥上的情形——游行队伍焦灼地低声议论着，府尹站在桥中央以西，庞的左侧几米远的地方。

府尹双臂高举，接着将一只手指向桥上的灯，拳头一握，灯一盏一盏地灭了。

庞双腿迅速上摆越过桥栏，一脚蹬在上面。这时，府尹卷起衣袖推到肘部，对着人群举起右手。

"你们已经做出了选择。"府尹怒视众人，神情冷酷而笃定，"你们不配得到我的光！"

空气中传来噼啪声。庞头皮发麻，头发竖了起来。府尹的右手上，一颗巨大的光球开始旋动，明亮如恒星中心。接着，光球膨胀起来，越变越大。人群开始大声呼喊，但桥上太拥挤了，无处可逃。府尹手臂向后一扬，似乎打算将巨型光球投向前方。

庞沮丧极了。他的计划行不通——和府尹展开谈话、以理相劝是不可能的。即便唤起他对占方丈的回忆，或是把手环给他看，也不可能改变他的想法。

对了，手环！

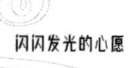

庞看向府尹的左手腕，没错，就在那里，那儿有一个其他人都没注意到的物件，四年前距离府尹只有几厘米远时庞也没有注意到的物件。

一根编织手环，和恩派那根一样，和自己那根也一样。

愿你把光明带回查塔纳。

庞知道该怎么做了。他抬手挡去刺目的强光，迅速冲向府尹。

在其他人注意到之前，庞已经紧紧抓住了府尹的手腕。

第47章
照亮黑暗

庞的手心传来烧灼感,却不见火焰。

庞抓住府尹手腕的那一刻,府尹右手上那簇旋动的强光瞬间熄灭,桥上陷入黑暗。一股高涨的能量从府尹身体里涌出,流向庞的手指。那是种十分奇怪的感觉:手在燃烧,但毫无痛感。

金光流向掌心,顺着左手腕涌进手臂。与此同时,庞依然紧握着府尹的手腕。

"你……你在做什么?"府尹喘着粗气,试图挣脱。但庞并没有松手。

旁边的警卫打算靠近,这时庞左手腕上的印记开始发

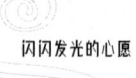

光，警卫惊恐地退了回去。

金光困在庞的皮肤下方，如液体般流动，唯一的出口便是他印记上的字母。监狱印记射出的纤细光线刺入黑夜，照在低沉的云层间。

"庞！"

索姆吉冲上前去帮助他的朋友。他抓住庞的右手臂，打算把他拉回人群中的安全地带。"啊！"索姆吉倒抽一口气，震惊地看着自己的手腕，"怎么回事？"

光线从庞的手臂流向索姆吉，索姆吉手腕那道被画掉的印记上也涌出了金色光束。

府尹像野兽一样咆哮起来，举起另一只拳头朝庞打过来。拳头挥下的那一刻，人群中闪出一道黑影——诺克冲到庞的身前，双臂交叉举在头顶，挡住了府尹的拳头。接着，她使出一个经典的手杖格斗动作，双手抓住府尹的手臂扭到他背后。紧接着，诺克也目瞪口呆地看向自己的手腕。

光束穿过印记，越过她瘢痕交错的皮肤，闪现出涟漪般的光亮。

府尹大喝一声，将孩子们推开。他挣脱钳制，踉跄着向后退去，和他们拉开距离。

然而，即便放走了府尹，他们身上的光也并没有变暗。诺克、庞和索姆吉拉住彼此，对手腕上持续闪耀的光芒感到困惑和惊异。三个人像发着光的人形灯笼一样在漆黑的桥上站了许久。

随后，众人走上前来。起初他们轻柔胆怯地将手放在孩子们肩上，然后便牵起手将彼此连在一起。惊讶的呼声在人群中荡开，一个接一个地，光开始在所有人身体里涌动，向黑暗中迸发。没有监狱印记的人身上也散发出柔和的光，像纸灯一般。人群的呼声从惊吓演变成惊叹，随后化为喜悦。

"快看我！哦，天哪，瞧你自己吧！"

"你敢相信这一切吗？"

"看上面，快看上面！我从没见过这样的景象！"

低垂的云层将桥上的光芒反射回来，黑夜亮如白昼，与这座城市霓虹闪烁的样子无异。桥西侧的警卫一个接一个地放下手杖，一些人退后、离开了，一些人颇感惊奇地跪倒在地，还有几个人加入人群，与街坊邻里拥抱在一起。

庞退出拥挤的人群，朝栏杆边的府尹走去。府尹在几步开外的地方盯着发光的众人。他的脸因愤怒而扭曲。他满腔怒火，胸口剧烈起伏着。

他如刚才熄灭城市灯光时那般对着人群举起手臂，张开手指，接着紧握成拳，可什么都没发生。于是他又做了一次，又一次。无论他怎么做，都无法熄灭查塔纳众人身上涌出的光。

闪闪发光的心愿

庞迎上府尹的视线。"这些光不属于你。"他说。

这时一个声音喊道："诺克！"

衣衫不整的西瓦潘法务官从跪倒在地的警卫队中冲出来，抱住自己的女儿。他抱着女儿转了一圈又一圈，父女俩笑了起来。诺克像孩子一样高举双手，将耀眼的光束射向天空。

庞转过身，见人群中有张圆脸蛋正对着自己微笑。是索姆吉，他举起手，手指在美丽的光束中跳来跳去。庞笑着回应。

庞向前迈了一步，打算去找他的朋友，身体却突然一顿——有两只手扣住了他的肩膀。府尹猛地拽过庞，将他扔到了桥下。庞最后看到的，是府尹眼里的愤怒。

第48章
死里逃生

多年前的南原监狱，庞还小的时候，每个星期天都会和索姆吉坐在临河大门边看监狱附近河岸上的一对祖孙。

爷爷潜进水里，小孙子则拿着一只篮子坐在岸边。爷爷会深吸一口气，然后推一把码头的柱子，把自己沉到水下。

小孙子盯着水面，等待老人浮上来，索姆吉和庞则盯着他看。

"他在干什么？"有一次，庞这样问道。

"抓螃蟹。"索姆吉说，"水底有超大的螃蟹，在泥巴里爬。"

他们等啊等，老人还是没有上来。他们继续等，可他一直在水下。

"啊,他怎么知道哪里有螃蟹?"庞问。

"他就摸来摸去,等有螃蟹钳夹到手就是找到了。"索姆吉说。

后来,就在两人确信老人已经淹死了的时候,突然有人浮出水面,手里拿着一只超大的黑蟹放进小孙子的篮子里。孩子高兴极了。

那会儿庞心想,在幽暗的河底等待被身披刺毛的螃蟹钳夹住,那是多么可怕的事啊。

如今,庞的心理活动如出一辙。他在查塔纳河幽暗的水里沉陷,感觉到毛茸茸的蟹腿在他背上刮蹭。而且他确信,在沉到河底淹死之前,那些骇人的螃蟹会成群结队地爬过自己身体。

多可怕的死法啊。

螃蟹腿扒拉着他的脖子,勾住衣领下方。又有螃蟹将腿卷进他的上衣背面,像人的手指一般极力向上拉。接着,庞失去了意识。

一切陷入黑暗。

意识到自己已经不在水里时,庞的周遭仍是一片黑暗。

他躺在泥泞的地面上,胸口沉重疼痛。他张着嘴,有人正贴着他的嘴唇向里吹气。他闻到一股柠檬蛋糕的味道。然后他听到周遭的声响,起初是咕噜噜的水声,有些遥远,然后逐渐清晰。

他听到玛尼警官的说话声:"继续给他做心肺复苏,西瓦潘小姐!"

他听到马克的说话声:"继续做人工呼吸,小姑娘!他要醒过来了!"

"哦,伙计……诺克,你最好往后退一点,他好像要吐你脸上了!"

是索姆吉的声音。

庞慢慢睁开眼睛。明亮的金色光束在眼前跳跃波动,他难以集中精神。

第一次差点淹死时,庞是被一只鸡啄醒的。第二次,他看到一张月亮般微笑着的圆脸。

这是第三次。视线清晰之后,庞看到鸟一般的漆黑双目。

诺克的头发贴在脸上,衣服已经湿透,鼻尖不断有水珠滴下来。她俯身靠上前,看起来忧心忡忡。"庞,哦!我的天,快说句话!"

庞吞了吞口水。"我得学学游泳了。"他声音嘶哑地说。

四周很亮,是聚上来的人群。人们发出震耳欲聋的欢呼声。

诺克露出一个灿烂的笑容。庞觉得这个笑容胜过以往以及今后的所有光芒。

第 49 章
光明之城

庞在杬果树下来回溜达,不时地望望河对岸。太阳西斜,将将落到西岸房顶的位置。晚霞漫天,紫色和橙色交相辉映。

他曾发誓永远不再踏足南原监狱,但他还是来了。如今,人们拆掉了金属围栏和临河大门,入口处的牌子上写着"占氏教育中心"。南原以塔纳布里乡村学校为参照,改造成了一所学校。

然而,尽管南原已不再是监狱,庞还是很难走进去。换掉前门牌子上的名字很容易,但抹掉里面的旧日回忆却很难,只是衣服口袋缝上了新的徽章。庞还是强迫自己每周来两次——不为别的，只为倚仗双脚走出南原的大门，而不是坐在满是榴梿壳的垃圾篓里离开。

太阳落山，挂在杧果树上的金色光球亮了，庞皱起眉头。搏击馆的最后一场训练一小时前就应该结束了。为什么这么久还没出来？

"嘿。"

"啊！"庞惊呼着转过身，迎上一双锐利的黑眼睛，对方的脸离他只有几厘米。庞往后跳了几步，尽管他马上就看清楚了对方是谁。"你可别再这样了！"

诺克笑着说："对不起。我一整天都在练习虚无步法。大多数人都不喜欢身后有人悄悄靠近吧，可我总是忘记。"

"你怎么这么久才来？"庞问。

"我去市场买了这个。"她提起一个大袋子，榴梿的尖刺从袋子里扎了出来，"不是给你的。"庞捏住自己的鼻子，诺克继续说道，"是给索姆吉的。他来了吗？"

庞朝着曾是监狱警卫宿舍的建筑摆了摆头，示意道："他正在上课。"

诺克把袋子放在树干边上。"上什么课？"

庞笑着说："不是，他是在教课。关于光、能量，总之是一堆我搞不明白的东西。"

两人透过教室窗户看到了索姆吉。他站在教室前方，手

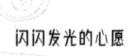

里拿着一颗光球,正在黑板上画太阳,底下的学生在做笔记。

"也许他接下来会去你的学校,你可以去听课。"庞说。

诺克翻了个白眼。"哦,我敢说他一定很乐意批改我的试卷。"

诺克被声名远扬的查塔纳女子学院录取,这所学校与南原隔河相望。现在已经开课,庞不再能经常见到她了。诺克忙于学业、格斗练习,还要在家里帮忙。庞也很忙,他和索姆吉去了玛尼警官家那条街上的男校。玛尼和妻子为两人提供了住处,每天接送他们上下学。

如今的生活与寺里或泥屋时期大不相同。那天早上玛尼告诉两人,他已经开始办理收养手续。他们相互拥抱,欢天喜地,玛尼的妻子说:"你们两个马上就是兄弟了!"——生活中的许多事情都变了,但庞和索姆吉万万没想到他们会成为兄弟。

诺克走到码头边,那里曾是临河大门。她在河边站了一会儿,庞看着她。每每看到她,庞就会想起桥上游行的那晚她手臂上光芒倾泻而出的样子。

如今,从府尹身上流向众人的光已经不见了。那天,光从人们身上射入黑暗,闪耀了一整夜,但天一亮就消失了。这一盛况留下的唯一证据就是,所有人的监狱印记都消失了。

第二天早上,府尹也消失了。他似乎已经失去所有力量——有人看到他试图给灯球补充能量,但一次也没成功。还有人说自己看到府尹逃离了查塔纳,消失在幽暗的森林深处。

听闻索姆吉的太阳光球之后,每个人都想拥有一个,这就是为什么索姆吉会身处一间坐满成年人的教室。但即便如此,没有了府尹的力量,人们还是感到一丝失落。他们不得不再次动用火——至少用在做饭上。但要如何控制火,如何防止火灾呢?安全和自由哪个更重要?一定要做出选择吗?

城市里的每一个人都必须找到新的做事方法。诺克的父亲和马克正共同努力,计划在下个月组织一场选举。这将成为巨焰之后的第一次选举。但需要解决的问题仍然有很多:如何保证城市的安定?是否需要制定新的法律?如果需要,该由谁来制定呢?东岸还是有许多穷人和艰难讨生活的人,想让他们分享城市的财富和机会,最好的方法是什么呢?尽管几乎没有人怀念府尹,但如若由他来回答这些问题,好像就没那么复杂了。

诺克看着城市亮起灯,一盏接着一盏。庞走到河边,跟她并肩站在一起。

"哇,站在这里真的能看到所有地方,对吧?"她说着,仿佛走进了美丽的梦境,"但我还是希望索姆吉能想办法做出不同颜色的光球。现在大家都买得起金色光球了,这很好,但我其实有点怀念霓虹灯,你呢?"

庞点了点头。过了一会儿他问道:"你觉得我们做了正确的事吗?"

庞有自己的答案,但他想知道诺克会怎么说。然后她翻了个白眼,就好像他是个傻乎乎的孩子。庞这才松了口气。

"当然。"她说,"连我妈妈都觉得现在这样更好。"

诺克提及母亲时,庞捕捉到了一丝情绪。但这丝情绪一闪而过,庞无法判断那是什么。她从没有过多谈及自己的家庭,但就庞了解到的情况来看,她家里的情况恐怕和组建新政府一样复杂。

即便如此,诺克看起来还是很开心。每次见面,庞都能感觉到她越发轻松、越发积极。但今天他看得出她有心事。她摆弄着制服上的一根线头儿,绕在手指上。

她看了看庞,又移开目光,最后终于脱口而出:"我从没有跟你说过对不起。你知道的,因为……因为……所有的事。"

庞的右手手指不自觉地抚上左手腕。每每想到以往的逃亡生活,他还是会做出这个动作。

"我只是想说,"诺克继续道,"我之前错了,还有……还有,嗯……"她沉默了一会儿,随后补充道:"我爸爸说他们打算给巨人桥取个新名字。我告诉他,应该以你命名。"

庞微微笑了笑。"庞桥?我会习惯这个新名字的。"诺克回头看他，真挚的眼神里带着一丝伤感，"我是说，他们应该将它命名为'善心桥'。"

庞赶忙把脸转到一边。他微笑着回味她的话，低头看了看自己的左手。如今，手腕上已经没有监狱印记。府尹把他扔下桥的时候，他的手环尽数断掉，包括那条红色的。起初庞很难过，因为手环是他怀念占方丈的唯一信物。但这一刻他突然意识到，之所以会失去这些手环，或许是因为祝福都实现了。

一阵清风拂过水面，吹动杧果树的叶子。庞抬起头，成熟的杧果在金色光球边摇摆着。他这才想起来自己刚才为什么站在树下。

"你还好吗？"诺克问，"希望我没有——"

"嘘，站过来点……"庞拽着她的胳膊往旁边拉了一步，"不是这儿……再过来点。"他说着，又把她往右拽了一步，"这儿。"他牵起她的双手，让她掌心朝上，"好了，听着就行……"

两个人就这样站了一会儿。随后，一声轻响传来——是杧果柄断裂的声音！

诺克惊叹——一颗杧果径直掉进她的怀里。她看向庞，喜笑颜开。

庞回给她一个笑容。"相信我，这颗杧果肯定是极品。"

闪闪发光的心愿

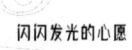

鸣谢

  这本书得以见"光",源自许多人的帮助,对此我万分感激。感谢我的经纪人斯蒂芬妮·弗雷特韦尔-希尔,是你引导庞和诺克找到了他们完美的自我,在这段出版之旅中,你是我的最佳拍档,很幸运能有你的陪伴。感谢我出色的编辑安德莉亚·托姆帕,从一开始你就如此理解人物的内心世界,而且能同时关注大局和最微小的细节,能与你合作,我感到非常自豪。

  感谢金智赫创作了令人赞叹的封面图;感谢设计师雪莉·法特拉和海莉·帕克,你们为这本书赋予了从内到外的美丽;感谢烛芯出版公司优秀团队里的所有人,感谢你们为青少年读者所做的一切。

  感谢创作过程中读过这个故事的人们:我的写作同好艾梅、肖恩、詹森以及安德鲁,感谢你们在艰难的初稿阶段给我鼓励。佩吉·布里特,感谢你的聪明才智,感谢你为我的生活带来如此积极的能量。安娜·瓦格纳和洛莉·M.李,感谢你们的阅读和见解深刻的反馈。陶·蒲米鲁克,感谢你细心、精妙的意见,感谢你的友谊。昆西·苏

鸣谢

拉史密斯,感谢你的信任,是你让这本书变得更强大。

感谢我的女儿埃洛温和埃文。我的每个故事皆因你们而起。感谢我的丈夫汤姆,感谢你一直以来的陪伴。有了你们的爱与支持我才能完成这本书。

我所拥有的一切皆要归功于我的家人,归功于那些牺牲自己以换取我现今生活的先辈们。我要特别感谢我的爸爸安纳吉·松托瓦,他是我所见过的最会讲故事的人。他肚子里关于泰国的成长故事如史诗一般宏伟,可以填满一整座图书馆。爸爸,感谢你为我所做的一切。这本书的每一页都有你的影子。

我还要特别感谢我的妈妈威尔娜·珍·吉莱斯皮,是她用艺术和书籍填满我的童年。十岁时她给我讲了一个故事,里面有一名罪犯、一名警察,还有世俗准则与上帝准则之间的分歧。当我最终读完《悲惨世界》,它改变了我的内心世界,自此,我立志成为一个讲故事的人。谢谢你,妈妈,谢谢你为我做的一切。

闪闪发光的心愿

讨论

◆ 庞认为应该做正确的事，即便是争取一颗本应属于自己的杧果。索姆吉则认为保护自己更重要。你同意哪种观点？为什么？

◆ 庞身上的印记对他的生活产生了哪些影响？

◆ 庞逃出监狱后，占方丈在他的生活里扮演了许多角色——父母、老师、心灵导师……占方丈是如何教导庞的？庞都学到了什么？

◆ 纵观整本书，典狱长的女儿诺克·西瓦潘是怎样改变的？

◆ "光"是这本书的一个重要主题，比如魔法球、依据亮度定价的彩色灯球、从某些角色手指间涌出的光，甚至还有诺克在格斗比赛中获胜时感受到的内心之光。你怎样理解这种内心之光？

◆ 诺克在与父亲交谈时回忆起东岸与西岸的人们生活的差异，父亲告诉她："有时候，光确实会照耀有价值的人。但有时候，它只是照耀幸运的人。"（第215页）运气或权势对西岸的人有哪些影响？